도대체 나는 어디로 가는 것일까?
죽음과의 만남
그곳은 텅 비어 있다.

죽음을 맞이할 때 당신은 자유로워진다.
삶을 삶답게 살았을 때
인간은 죽음으로부터 자유로워진다.

죽음이란 무엇인가?

죽음
다시 태어나는
삶

죽음이란 무엇인가?
죽음
다시 태어나는
삶

초판 인쇄 2026년 4월 23일
초판 발행 2026년 4월 30일

지은이 로버트 제이 립튼, 에릭 올슨
옮긴이 이일철
펴낸이 홍철부
펴낸곳 문지사

등록 제25100-2002-000038호
주소 서울특별시 은평구 갈현로 312
전화 02)386-8451/2
팩스 02)386-8453

ISBN 978-89-8308-618-1 (03840)

값 16,000원

죽음이란 무엇인가?

죽음
다시 태어나는
삶

하버드대학 심리학 교수   예일대학 전임강사
로버트 제이 립튼   에릭 올슨

전) 인천교육대학 교수   이일철 옮김

문지사

이 책을 펴내면서

이 글을 쓰고 있는 계절은 10월의 문턱을 넘어서고 있지만, 케이프 카드Cape Cod의 날씨는 여전히 무덥기만 하다.

눈을 들어 서재의 창문 밖을 바라보니, 아침 안개가 잿빛으로 짙게 깔린 저 멀리 대서양의 푸른 모습이 아득하기만 하다.

며칠 전, 에릭 올슨Eric Olson과 함께 이 책의 마지막 손질을 끝냈다.

이 책을 쓰느라고 우리가 함께 일했던 것이, 얼마나 오랫동안이었을까? 여러 해를 보냈던 것인가? 아니면 불과 며칠 사이의 일이었던가?

안개가 서서히 걷히면서 저 바닷가의 모래 언덕도, 짙푸른 대양도 선명한 모습으로, 한 폭의 풍경화처럼 아름다워질 것이다.

　언제까지나 변함없이 자리하고 있을 대자연의 아름다움을 바라보고 있노라면, 깊은 안도감 속에 내가 천신만고 끝에 쓴 이 한 권의 책이, 너무나 초라하게 느껴짐은 웬일일까.

　'어떤 사람이 이 책을 읽어줄까? 또 이 책에서 무엇을 얻을 수 있을까?'

　초라하기만 한 것이 아니라 쉽게 사라져 버릴지도 모른다.

　'고작 인쇄만으로 그치는 것은 아닐까. 이 책을 위해 바쳐진 두 사람 — 여든여덟의 고령인 에릭의 할아버지와 이제 겨우 여덟 살인 내 딸을 위해서, 무엇인가 시간을 초월한 의미가 있을까?'

　마치 한없는 저 바다처럼 끝없이 흘러가는 문화의 조

류 속에서, 어떻게든 한몫을 차지할 수는 있을까?

과연 이 책이 영원히 반복되는 영상과 형식의 창조와 재창조—비록 그 창조가 원래의 모습으로 흡수되고, 때로는 본연의 형태에서 벗어나게 될지라도—에 무언가 기여하는 바가 있을까?

책을 쓰는 사람으로서 이런 생각을 하지 않을 수 없는 것은 당연지사이다. 더구나 인간의 숙명과 영속성에 대한 글을 쓰고 있는 사람으로서는 더욱 그럴 것이다.

'무엇보다도 바닷가에 살고 있는 작가라면, 그 심리적 동요는 한층 더 심한 법이다.'

그러나 진정한 작가라면 마음속의 물결에 오랫동안 떠다녀서는 안 될 것이다. 이러한 마음의 동요를 벗어나 원대한 시야視野로 바라보기 위해, 나는 하나의 해독제를 생각했고, 이 해독제가 내 마음속 어디에선가 규칙

적으로 분출해 나오도록 애썼다.

이 해독제가 무엇인가 하면, 기묘한 이야기를 지껄이는 작고 묘하게 생긴 사고력思考力의 새들이었다.

이 새들은 내 기억이 더듬어 돌아갈 수 있는, 먼 옛날부터 내 마음속에 자리 잡고 있던 존재들이었고, 어떤 예술적인 필요를 위해서라기보다, 때로는 우습고 어이없다고 느껴질지도 모르지만, 만물의 근저에 자리 잡은 일정한 진리에 대한 내 느낌을 표현하기 위해 부각한 것이다.

'나는 이 새들을 심심풀이 낙서보다는 더 귀중하지만, 솜씨 자랑이라고는 도저히 할 수 없는 정도로 표현하고 그렸다.'

에릭 올슨Eric Olson과 나는 하나하나의 장을 시작하는 첫머리에, 이 작은 친구|새|들을 내세우는 게 좋으

리라고 생각했다.

책을 쓰는 사람들은, 정말 진지한 마음으로 그러는 것일까?

자신의 사업을 스스로 조롱이라도 하듯 장난을 치는 건 아닐까?

그런데 우리의 편집자인 메리 루이즈 버밍엄Mary Louise Birmingham은 무작정 그러는 건지, 아니면 큰 용기를 가지고서인지는 모르지만, 우리의 생각에 기꺼이 동의해 주었다.

진실을 말한다면, 이 작은 새들은 우리가 쓰고 있는 바를 조롱하려고 할 것이다. 죽음이라는 주제 자체를 비웃고 놀려댈 것이 틀림없다.

왜냐하면, 내가 믿는 바는 죽음이라는 것, 바로 그것이 그 자체로서 조롱받을 궁극적인 원천이기 때문이다.

언젠가 커트 본느굿Kurt Vonnegut이 이렇게 말한 적이 있다.

'죽음, 곧 공포와 친숙해지지 않고서는 절실함을 느낄 수가 없는 법이다.'

그런데 나는 이 말을 바꾸어서 죽음과 공포에로의 여정에서 조금이나마 절실함을 느낄 수 없다면, 죽음과도 근본적인 공포와도 친숙해질 수가 없을 것이라고 말하고 싶다.

이 말은 곧, 존 케이지John Cage가 표현한 것처럼—동양의 어떤 현자의 가르침을 쉽게 풀어본 것에 불과한 것이지만—'죽음에 관한 이야기라면, 우린 우선 웃기부터 시작하게 된다.'라는 말과 꼭 같을 것이다.

에릭과 나는 이 책의 초안을 준비하면서 많이도 웃을 기회가 있었다.

도대체 우리가 무엇 때문에 웃었던 걸까?

실은 초안의 대부분이 에릭에 의해서 이루어진 것으로, 내가 실제로 원고를 써 나가는 동안 많은 취사선택을 하였다.

그렇지만 나의 실제 저술에 있어서 에릭의 섬세하고도 예리한 감각을 불어넣기 위해서, 그는 또 내 서술의 많은 부분을 고쳐 썼고, 특히 청년기에 관한 문제를 비롯하여 크게 기여를 했다.

에릭과 함께 마지막 교정과 문장을 손질하면서도 원고를 처음부터 끝까지 정밀하게 검토해 상당한 첨삭 가필을 하였다. 따라서 결과적으로 특이한 공동 집필이기는 하지만, 진정한 공저共著로 보아야 마땅하리라.

이 책은 죽음에 대한 '광범위하고도 포괄적인 연구'라

든가, 어느 한 부분이 특별히 강조되지 않는, 모든 점에
서 두루두루 취급된 완벽한 저서라고 할 수는 없다.

물론 죽음을 앞둔 환자에 관한 임상 연구도 아니다.
그보다는 모든 생명의 죽음과 그 변형變形에 주된 기조
를 두고 있다. 이 두 가지 초점이 내 과업의 중대한 목적
이었다.

산다는 것과 죽는다는 것에 대하여, 내가 지금까지 심
리학적 모델이라든가, 심리학적 예증例證을 바탕으로 죽
음과 생명의 영속성에 대하여 발전시켜 온 시야로부터,
좀 더 일반적인 삶과 죽음의 문제들을 다루고, 또 검토
하는 중이다. 이러한 차원을 넘어선 범위에서는 자명한
논리를 원용할 수밖에 없을 것이다.

이 책은 나로서는 광범위한 노력을 집중시킨 최초의
문학적 공동 집필이었다. 무척 힘들고 어려운 작업임을

여러 번이나 절감하였다.

그러나 에릭 올슨과 내가 함께 심혈을 기울인 이 작업을 돌이켜 보노라면, 우리 두 사람 모두 서로에게 충직했고, 또 이 집필 계획에도 충심을 기울였다는 따뜻한 위안을 느끼곤 한다.

한 선배로서 또 연장자로서 함께 애쓴 공동 집필자를 위해 마지막으로 한 마디 덧붙이는 것이 허락된다면, 나는 이 집필 과정의 처음부터 끝까지 에릭 올슨의 극히 민감한 인간적 소양과 고도로 섬세한 지성이 끊임없는 빛을 발했다고 말하고 싶다.

매사추세츠주 웰플리트에서
로버트 제이 립튼Robert Jay Lifton 씀.

차 례

1
죽음
잃어버린 계절

죽음이라는 것은
미래가 없는 어둠이다.
이미 과거는 지나가 버렸다.
그리하여
미래조차 잊어버려야 한다.
죽음 앞에서
모든 것은 완벽하다.
죽음을 맞이할 때,
비로소, 당신은 자유로워진다.
하나의 삶을
정말로 삶답게 살았을 때,
인간은
죽음으로부터 자유로워진다.

1
죽음

잃어버린 계절

태양은
다시 떠오름을 믿어
고요히 저물어 가고
나는 누구인가?
내 뒤를 이어 태어날 아픔을 절망하면서
어느 거리에서 생의 끝남을 맞이한다.

역사적인 모든 투쟁은 심리학자들이 연구를 위해 선택하는 문제들에 강력한 영향을 주는 것은 사실이다.

오늘날 세계 곳곳에서 자행되고 있는 집단 폭력과 무가치한 죽음 때문에 금세기는 수많은 사람에게 공포의 시대가 되고 있다.

오늘날의 인간 문화와 개인으로서의 인류에게 죽음이란, 이제 다룰 수 없는 것으로 되고 말았다.

물론 죽음이란 것이 역사적으로 보아 누구에게도 충분히 '다스릴 수 있는' 문제는 아니었지만, 오늘날의 '삶과 죽음'은 고통스러우리만큼 이율배반적인 문제가 되었다.

죽음과 삶의 영속성에 관한 책을 쓰기로 작정하고, 모든 자료를 살펴본 결과 역사적 상황에 심각한 영향을 받지 않을 수 없다는 것을 절감하게 되었다.

이러한 시점에서 요구되는 것은 개인적 체험에도 민감하게 부응하고, 보다 광범위한 시대적 사조에도 책임을 다할 수 있는 죽음에의 접근방법이 아닐까 믿는다.

우리 두 사람은 이 책이 그토록 집요한 인간의 과제에 하나의 기여가 될 수 있기를 바라마지않는다.

지난 80여 년 전, 막 20세기의 문턱으로 접어들 무렵, 섹스가 문화적·심리학적 딜레마Dilemma로서 심각한 문제로 등장한 때가 있었다.

1900년 프로이트Freud가 20세기에서 가장 중요한 논제論題로 꼽히는 책을 출판하였다.

〈꿈의 해석〉이라는 이 책에서 프로이트는 자신의 꿈을 분석하고 꿈의 '성적 상징' 속에서, 그가 인간 동기의 가장 깊은 원천이라고 생각하는 바를 찾았다.

그와 함께 프로이트는 정신적 이상 상태의 요인 역시 이성적 상징 속에서 찾으려 했다.

프로이트에게 있어 사상의 원류를 형성했던 것은 빅토리아 시대 말기|the late Victorian era| 무렵의 일이었다.

그 당시에는 세계대전 같은 것은 없었다. 원자탄도 존재하지 않던 시대였다. 오직 과학과 산업이 급속도로 발전할 때였고, 과학적인 연구 결과와 경제적 팽창이 세계의 문제들을 해결해 줄 것이라는 희망을 누구나가 가지던 시대였다.

그러나 당시의 사람들에게 다룰 수 없는 것으로 느껴졌던 것은 다름 아닌 섹스 문제였다.

빅토리아 시대에 있어 섹스란 점잖은 중류 계층의 사람들이라면 감히 입 밖에도 낼 수 없는 행위였다. 그러면서도 어린아이는 계속해서 태어났고, 남자와 여자는 어김없이 성적 관계를 해왔다고 가상假想할 수 있다.

더구나 이 시대에는 놀라우리만큼 풍부한 애로 문학이 탄생하기도 했다. 그러나 빅토리아 시대의 사회에서는 대체로, 이러한 에로틱한 문제는 입 밖에 내지 않는 편이 한결 좋았고, 아예 섹스란 것에 대해서 생각조차 하지 않을 수 있다면, 그것이 최상이었다.

테이블 다리까지도 사람의 다리와 유사성類似性을 지녔다는 이유로, 스커트|테이블 클로스 : 여기서는 여성의 치마를 연관시켜 풍자하려는 의도. ; 역자주| 자락으로 덮어 감추었던 빅토리아의 관습은 |당시에는 사람의 경우 옷으로 가려지지 않는 부분은 있을 수도 없었다| 당대 유럽 사회의 많은 분야에서 볼 수 있는 섹스를 둘러싼 분노와 공포를 그대로 반영하고 있다.

프로이트가 취급했던 환자들은 이러한 사회적 상황의 희생자들이었다.

그 환자들은 다름 아닌 그들의 성을 표출할 길이 없어서, 한편으로는 분노를, 또 한편으로는 죄악을 느끼며 고통을 당한 사람들이었다.

낮 동안 억압되었던 성적 충동이 밤사이 꿈속에서 재

현되거나, 아니면 두통이라든가 수족 마비와 같은 증상으로 나타난 것이다.

프로이트에 의하면, 이런 억압된 상태가 때로는 성적 불구까지도 초래하는 심리적 내분을 일으키기도 한다는 것이다.

그래서 그의 환자들을 치료해 나가는 과정에서 프로이트는 환자들에게, 그들의 성적인 감정을 솔직히 인정하고 받아들이는 것이 얼마나 중요한가를 거듭 강조했다.

프로이트가 100여 년 전에 기술했던 숱한 내용이, 오늘날에도 여전히 적용될 수 있는 진실로 남아 있고, 성적 표현이란 점에서 여전히 많은 어려움을 겪고 있다는 것도 부인할 수 없는 사실이다. 그러나 시대가 달라졌다는 것은 명백한 사실이다.

오늘날에는 성性을 무시하거나 눈감아버리는 대신, 오히려 성을 과시하고 자랑해 보이고 성적 실험을 하기도 하고, 때로는 더 새로운 성적 경험을 추구하기도 하는 경향이 짙어졌다.

성에 대한 우리 인간의 관계가 여하한 것이든 간에 섹스가 터부시되는 시대는 이미 지나간 것이다.

비단 성에 관한 문제뿐만 아니라 프로이트가 〈꿈의 해석〉을 쓰던 시대와 오늘날 우리의 시대를 구별 짓는 요소들은 많이 있다.

우리는 원자탄이라는 유산遺産과 함께 살고 있고, 금세기의 전쟁들과 죽음의 수용소|death camps : 1·2차 세계대전 시의 포로수용소 및 유대인 집단 거주 지역(겟토, Ghetto)과 대학살, 기타 정치적 분쟁으로 인한 인명 학살의 무대, 인간 도살장들을 포괄적으로 의미하는 것으로 보임 ; 역자주|에서 일어난 무려 1억에 달하는 생명에 가해진 어처구니없는 폭력에 의한 죽음과 함께 살고 있다.

이 대량 학살을 위해 사용되었던 것과 똑같은 고도의 과학기술이, 우리 인간들로 하여금 거의 모든 인간적 문제로부터 더 멀리 떨어져 있도록 하고 있다. 사실 우리는 인간 죽음의 현실로부터 한껏 멀리 떨어져 있다.

우리는 죽음에 관해서는 이야기하지 않으며, 죽음을 은폐하려고 애쓰고 부정해 버리려 하고 있으며, 땅속 깊이 묻어버리려고 한다. 그러나 프로이트 시대의 억압된 성性과 같이 죽음이란 사라져가는 것이 아니다.

비록 그 증상이 프로이트가 묘사한 것과 꼭 같은 것은 아니라 할지라도, 여전히 우리는 현대의 특별한 제 증상을 지니고 있다.

과거에는 죽음이 언제나 그렇게 멀리 떨어져 있는 것만도 아니었다. 사람들이 병원에서가 아니고 자기의 집에서 마지막 숨을 거두곤 했던 때에는 죽는 광경을 지켜보는 것이, 그리 드물지 않은 일이었다.

할아버지나 할머니의 죽음, 어린 아기들의 죽음, 때로는 산모가 분만 중에 숨을 거두는 일 등이 잦았다.

옛날에는 양로원이나 요양원 따위도 없었고, 노년에도 젊은 사람들과 한집에서 함께 살았다. 어린아이들은 식구나 마을들이 어떤 질병이나 기타의 원인으로 죽어가는 것을 지켜볼 수 있었다.

완전한 인생의 사이클 경로를 쉽사리 바라볼 수 있었으며 성장하고, 병들고, 늙고, 죽어가는 인생의 모든 과정이 이 사이클의 부분으로 이해될 수 있었다.

그러나 죽음과 직면하기를 거부하면서 살고 있는 오늘날에는—개인으로서, 하나의 문화 체계로서— 우리는 현재를 살아가면서도 인생의 한 부분에 눈을 감고 있을 따름이다.

이제는 죽음을 현대인의 존재에서 가장 중심적이고

괴로운 요소로서 등장시키고 있는 많은 것들이 한꺼번에 밀어닥쳐 왔다. 동서고금을 막론하고 이제 인간은 때 이른 죽음을 두려워하게 되었다.

어릴 때나 젊은 청춘에 비명횡사한다든가, 한창 가족의 부양이나 창조적인 일에 몰두하고 있어야 할 때, 죽음의 시커먼 그림자에 굴복한다는 것은 고통스러운 일이다.

이러한 불완전하고 충만하지 못한 인생에 대한 이미지|image : 영상|는 공포를 불러일으키기에 족한 것이다. 오늘날 더 새로워진 상황이라면, 이제는 때 이른 죽음이 개개의 남자나 여자에게뿐만 아니라 전 인류에게도 있을 수 있는 상황임을 알고 있다는 사실이다.

과거에는 이런 계시적 환상啓示的幻像은 고작 무서운 악몽에서나 존재할 수 있었거나, 광인狂人이나 종교적 광신자들의 예언에서나 찾아볼 수 있었다. 그러나 그 경우는 달라졌고 사태는 이와는 근본적으로 다르게 발전했다.

오늘날 인간은 그들의 과학기술에 의해 한낱 종種으로서의 그 존재를 말살시켜 버릴 수도 있게 되었다.

자기 말살의 능력이라는 것이, 오늘날에는 거친 환상

과 현실적인 위험에 대한 냉정한 평가 사이에 명확한 경
계선을 그을 수가 없게 되었음을 의미하기도 한다.

조이스 메이나드Joyce Maynard는 불과 열여덟 살의
나이에 '죽음의 현대적 의미'에 대한 소감을 쓴 적이 있
었다.

메이나드는 〈회고록〉이라는 그녀의 책 속에 이렇게
쓰고 있다.

사람들이 지하실에 모여서 방사능 낙진에 관한 이야
기들을 하곤 했습니다. 우리 동네에 사는 어느 가족은
자동차에 짐을 꾸려서 산속 깊숙이 숨어 들어가려고도
했습니다. 나는 도무지 이해할 수가 없었습니다.

만약 모든 사람이 죽게 될 운명이라면, 난 정말이지
어물쩍거리며 기다리고만 있고 싶지는 않았습니다. 내
머리에는 균열이 일어나 흉측하게 일그러지고, 훗날 아
기를 낳으면 탈리도마이드|수면제|로 기형아와 같은 괴
물을 낳게 될 것이 소름 끼치도록 무서웠습니다.

나는 빨리 가고만 싶었습니다. 우리 식구들과 함께 말
이죠. 죽는다는 것은 그리 괴롭지 않았습니다.

그때까지 내 곁에는 죽음을 맞이한 사람이라곤 하나

도 없었고, 오히려 죽음이란 현실감을 느낄 수 없을 정
도로 매혹적이기까지 했습니다.

난 킬데어 박사Dr. Kildare가 임종이 가까운 더 많은
암 환자를 거느리길, 그런 한편 연애나 정사 따위 관계
는 좀 덜 했으면 하고 바랐죠.

나를 괴롭힌 것은 불멸 영생에 관한 것이었습니다. 이
따금 성장기에 수반되는 좀 더 발전된 개념들이 서서히
싹을 내밀고도 있었지만, 죽음이라는 엄청난 충격은 시
꺼먼 밤중에 느닷없이 떨어진 폭탄처럼 내 위에 내리 덮
쳤습니다.

내가 누리고 있는 이 몸이 사라질 뿐만 아니라 생각조
차도 할 수 없게 될 것 같았습니다. 과거에는 늘 느낄 수
있었던 이 세상의 '참여자參與者'는 하나의 '관찰자觀察
者'일 수조차도 없게 되리라는 걸 깨달았던 것입니다.

이 폭탄Bomb이 더욱더 크게 공포스러운 것은 완전
한 소멸, 철저한 망각이라는 것이었습니다.

나에 관한 모든 흔적이 하나도 남김없이 파괴되고 사
라지게 될 것이니까요. 나를 묻어줄 무덤조차 없을 테
죠. 설혹 있다손 치더라도 찾아와 줄 사람 하나조차 남
아 있지 않게 되겠지요.

원자탄은 단순히 파괴만 하는 것이 아니다. 파괴의 영역과 그 한계까지도 파괴해 버리는 무서운 무기다.

옛날의 구식 무기, 예컨대 화살이라든가 총탄, 또는 비행기에서 투하한 폭탄 등으로는 사람들이 죽거나 다치고 가정생활과 사회생활이 뒤범벅되어 혼란이 야기되긴 하지만, 그래도 한계라는 것이 남아 있는 법이다. 일부의 사람들이 고통을 당하거나 죽고, 어떤 사람들은 회복하기도 하면서 역사는 이어질 수 있는 것이다.

그러나 원자탄은 경우가 다르다. 인간의 거주 지역에 사용된 최초의 원자탄은 1945년 8월 6일 일본 히로시마 상공에 투하된 것이었다.

단 한 번의 원자 섬광이 몰고 온 파괴가 얼마나 치명적이고 얼마나 지속적이었던지, 이 원자탄 세례에서 생존한 사람들조차도, 그날 이후 끊임없는 죽음과의 조우 遭遇를 체험하지 않으면 안 되었다.

이 원자탄 투하로 얼마나 많은 사람이 죽었는지는 아무도 모른다. 추산에 의하면 6만 3천 명 내지, 2십4만 명에 이른다고 한다. 극적으로 살아남은 사람들까지도 산산조각 난 폐허 위에서 원자탄의 방사능에 노출됨으로써 그들의 몸이 영원히 불구, 혹은 방사능 오염이 되었다는 공포에 휩싸이게 되었다.

이 최초의 원자탄은 오늘날의 기준으로 보면 지극히 작은 위력을 가진 것에 불과하다.

현재 세계의 핵무기 보유 실정은 당시의 원자탄에 비해 수천 배의 위력을 가진 폭탄들을 포함하고 있다.

이 엄청난 파괴력이란 차마 상상조차도 할 수 없고 이해할 수도 없다. 결과적으로 우리 인간으로서는 개개의 한 남자나 여자의 죽음은 생각할 수 있지만, 만인의 죽음이란 도저히 상상할 수 없다. 차마 일절一切의 완전 소멸이란 가능성에 대해서는 도무지 적절한 환상조차도 떠올릴 수가 없기 때문이다.

베트남 전쟁의 경우도 원자력에 의한 대살육의 그것과 같이 도저히 이해할 수도 없고 용납할 수도 없는 면이 있다. 사상자들과 사망률 통계 수치와 심지어 불구가 된 사람들의 사진이 신문과 텔레비전을 통해 끊임없이 보도되었다.

그러면서도 미국은 죽임과 파괴 행위가 절대적으로 필요한가에 대해서는 아무런 확신도 얻지 못했다. 귀환한 월남전 참전 용사들은 사람들의 존망을 얻었다.

그러나 그것은 영웅적인 전사로서가 아니라, 아무도 이해할 수 없는 죽임의 정책을 위한 불행한 집행자로서였다.

히로시마의 예와 베트남의 공중전은 모두 고도로 발전한 과학기술이 자행한 폭력의 좋은 본보기들이다.

어느 경우에나 대규모의 공중 화력 사용이 과학기술의 가공할 만한 파괴 능력과 현대전에서의 죽음이 얼마나 어처구니없는 체험인가를 잘 보여주고 있다. 적敵이라고는 구경조차 해보지 못한 채 고통당하고 죽어가는 보이지 않는 희생자들이 얼마나 많을까?

역사상 베트남전 이전에는 미국의 어떤 군사적 행동도 이처럼 비도덕적이라고 강력한 비난을 받은 적은 없었다.

어떤 고귀한 목적을 위해서 싸운다든가, 아니면 좀 더 차원 높은 선善을 위해 고통 받고 있다는 이념도 갖지 못한 채 미국 병사들은 월남에서 목숨 걸고 싸우는 동기를 받아들이기 어려웠다.

그래서 컨트리 조 맥도날드Country Joe MacDonald가 부른 '난 죽음의 넝마에 붙어 있는 벌레 같은 존재'라는 노래가 미군 병사들 사이에서 월남전의 주제가가 되어 있었다.

이 노래의 후반부에 나타나는 후렴구는 월남에서 죽는다는 것이 얼마나 어리석고 허무한 짓인가를 거침없는 조소와 야유를 곁들여 잘 나타내준다.

죽임이라는 살해 행위가 너무나 어처구니없이 자행되는 한, 무기의 속성屬性 때문이든, 행위의 불법성 때문이든 죽음이란, 도저히 받아들여질 수 없는 것이다.

여하한 형태의 죽음도, 어느 정도까지는 어리석고 허무하게 느껴지기는 한다. 하지만 피할 길 없는 죽음의 공포와 직면해서 살아가기 위해서는 생명이 영속성과 중요한 의미를 지니고 있다는 인식을, 모든 인간이 가질 필요가 있다.

금세기의 전쟁이 유발한 어마어마한 대살육이 인간의 죽음을 어처구니없는 현실로 만든 한편, 현 세계의 혼란은 삶의 의미에 커다란 문제를 주고 있다.

선진 공업국의 국민들에게는 너무나 유동적으로 생활의 기저를 잃어가고 있으며, 전통적인 '의미 체계'의 원천으로부터 단절되어 있어서 삶이라는 과정에서, 어떤 확실성이라든가 믿을 만한 가치를 발견하기가 매우 어렵게 되었다.

인간의 역사를 통해 삶의 의미를 부여해 주고 조직화해 주었던, 모든 사회적 체계—가족, 종교, 정부, 일—가 위기에 처해있음은 사실이다.

우리는 우리의 사고와 소망, 인생 그 자체에 중요한 의미를 지닌 형식을 부여하기가 갈수록 어려워만 지는 시대에 살고 있다. 심리학적 또는 역사적|또는 심리 역사적|인 혼란과 괴리에 대한 사적 체험이란, 다름 아닌 무정처無定處의 느낌이다.

비틀즈The Beatles는 이를 두고 '옛날엔 집으로 돌아갈 길이 있었건만'이라는 노래로 절규하고 있으며, 톰 러쉬Tom Rush는 '나를 이어 줄 것을 울며 애태우며'라는 시구詩句로 잘 표현하고 있다.

한 사회의 가치 체계와 모든 관습에 대해 심각한 의문이 제기될 때, 인생의 변이는 항상 불안하고 상처투성이일 수밖에 없다.

이혼이 지금처럼 흔해 빠지고 자기중심에 치우친 간편한 생활의 방편들, 예컨대 남녀 혼거라든가 동거 생활이 이처럼 널리 행해지고 있는 시대에 결혼은 무엇을 의미하며, 결혼 적령기란 또, 무슨 필요가 있겠는가?

모든 형태의 일이, 또 일이라는 개념 자체가 혹독한 비판을 받는 상황에서 직업을 선택한다는 것은, 무슨 의미가 있는가?

성인成人이라는 우리가 방향도 없고 광포하기만 한 문화의 조류 속으로 휘말려 들어가는 것을 의미하는 것이라면, 성장한다는 데에 무슨 의미가 있을까?

노년에 접어든 사람들이 가족으로부터도 공동 사회로부터도 격리되어, 양로원 따위에서 변함없이 고립되고 적막한 생활밖에 누릴 수 없다면 늙어간다는 것이, 무슨 의미가 있을 수 있는가?

신성한 종교적 믿음이 과학으로부터 심각한 도전을 받고 정신적 안정과 위안의 영역에, 오직 과학적 방법|scientific method|이란 것만이 도사리고 있을 때 죽는다는 것이, 도대체 무슨 의미를 지닐 수 있는가?

한때는 미국 사람들이 비록 용이하지는 않더라도, 적어도 다소간의 평정과 기품을 지니고 인생의 변이 과정을 맞이할 수 있었던 기회가 있었다.

벤자민 프랭클린Benjamin Franklin이 자신의 묘비명을 위해 썼던, 다음과 같은 싯구詩句에 나타난 허심탄회하고도 신뢰에 찬 태도는, 그가 죽음을 얼마나 공평무

사하게 바라보고 있으며, 죽음을 초월하고 있는지를 잘
보여주고 있다.

　인쇄공
　벤자민 프랭클린의 육신이|마치 낡은 옛 책의 표지처럼 그 내용은
찢겨 나가 활자도 주형도 허물어져 버린 낡은 표지처럼|
　여기 누워 있나니
　이젠 벌레의 먹이일 뿐.
　하지만 그 업적은 소멸하지 않을지니
　다시 한번|그가 생전에 믿었듯|
　다시 한번
　글 쓰신 이의 손으로
　교정校正과 수정을 받고
　보다 새롭고 보다 우아한 제본으로
　다시 태어남을 믿음이니라.

　이처럼 느긋하고 믿음으로 찬 위트는, 물론 부활의 굳
은 믿음으로 가능했겠지만, 어쨌든 오늘날에는 지극히
보기 드문 예이다.
　오늘날의 세계가 의미 깊은 종교적 의식이나 신앙을
결여하고 있는 것이 죽음을 보다 더 절망적이고 두려운

것으로 만들고, 또한 삶의 영위를 메마르고 무력하게 만들고 있다.

지난 30여 년 동안의 소란스러웠던 아메리카의 역사는 산업혁명 이래 두드러지게 드러나 보였던 문화적 상징들과 여러 가치 **면**에서 더욱더 깊은 위기를 몰고 왔을 뿐이었다.

그러나 이런 모든 요소의 기원은 멀리 중세기 이후 유럽 제국의 부상에까지 소급된다.

존 에프 케네디John F. Kennedy, 맬컴 엑스Malcolm X, 로버트 케네디Robert Kennedy, 그리고 마틴 루터 킹Martin Luther King 등의 암살로 인해, 미국은 마치 지도자도 없고 방향도 잃은 것 같은 인식을 가져오게 되었다.

거듭되는 흑인 폭동과 미국 전역에 걸쳐 수많은 도시에서 자행된 겟토|ghetto : 원래는 유대인 지역을 가리키는 이탈리아어였으나, 미국 사회에서는 슬럼가, 곧 일반적인 빈민 지구를 지칭하는 말로 사용됨 : 역자주|의 방화放火는 많은 사람이, 과연 미국의 모든 시민에 대해서 인간적인 대우를 해 줄 수 있으며, 그 인권 보호의 업무를 확대해 나갈 수 있는가 하는 점을 의심하지 않을 수 없도록 만

들었고, 이에 따른 거대한 집단적 분노와 환멸의 표시였다고 할 수 있을 것이다.

지난날의 월남전과 워터게이트 사건Watergate scandal은 아메리카의 꿈the American dream에 대해 차갑고도 쓰디쓴 조소와 야유의 물결을, 모든 사람의 마음속에 불러왔다.

이 기간을 포함한 지금까지는, 특히 젊은 세대에게 있어서는 지극히 불행한 시대였다. 믿을 수도 없는, 그러면서도 그만둘 수가 없는 기묘한 전쟁에서 피를 흘리며 싸우라는 요청을 받았다.

그런가 하면, 한편으로는 그들 자신을 위해, 또 한편으로는 국가를 위해 새로운 형태의 정치적인 이념을 규명해 보려고 안간힘을 쓰면서, 미국의 젊은이들은 어떻게 성장해야 할지를 몰라 깊은 고민 속에 허덕여왔다.

1969년의 아주 짧은 기간 동안 '우드스탁 로큰롤 페스티벌the Woodstock rock festival'의 음악가 비브라폰vibraphone의 진동음이 몰고 온 열광적인 선풍으로, 마치 새로운 '우드스탁 국가'라도 탄생시킬 것처럼 보였다.

그러나 불과 채 1년도 지나지 않아서 그러한 희망은

여지없이 무너지고 말았다.

엘터몬트Altamont에서 열렸던 다음번의 대규모 페스티벌에서는 어처구니없는 폭동으로 사망자가 속출하였고, 지미 헨드릭스Jimi Hendrix와 제니스 죠플린Janis Joplin, 그리고 뒤에 짐 모리슨Jim Morrison 등의 약물중독 사건이 잇달았고, 미국의 캄보디아 침공 이후 잭슨 스테이트와 켄트 스테이트 같은 대학에서는 학생들이 피를 흘리며 쓰러졌다.

마약에 취한 행복한 환상은 오래지 않아 절망감으로 바뀌었고, 곧 전례 없는 대혼란으로 줄달음쳤다.

존 레넌John Lennon은 이 모든 것을 '꿈은 사라졌다. 무슨 말을 할 수 있단 말인가?'라는 짧은 말로 표현했다.

삶이 갖는 영속성이라든가, 그 영역과 한계 같은 문화적 의미와도 연관을 갖지 못한 채 죽음이 닥쳐올 때면, 언제나 그것이 너무 이른 죽음처럼만 보였다. 연령과 환경에 관계없이 언제나 시기상조였다.

그러나 개개인의 인생이 그 자체를 초월한 어떤 의미를 결여하고 있는 것으로 보일 때, 죽음은 그만큼 심각한 위협으로 등장하게 되고, 도저히 받아들여질 수가 없게 되는 지경에 이르게 된다.

죽음이란 하나의 사실에 불과하다. 생물학적인 생명의 피할 수 없는 종결인 것이다.

죽음을 받아들일 수 있느냐 없느냐 하는 것은 죽음을 맞이하는 상황의 심리적인 배경과 그 연관에 좌우된다.

죽음은 오늘날에 이르러서는 더 이상 받아들여질 수 없는 것으로 되고 말았다.

왜냐하면 오늘날의 죽음은 어처구니없는 대살육, 그리고 인류 멸종이라는 이미지와 직결되어 있고, 또 한편 우리 인간의 삶이 근저를 상실하고, 주위와의 연결이 끊어졌기 때문이다.

2차 세계대전 중 런던에 가해진 폭격과 파괴 행위에 대한 어린 소년 소녀들의 반응을 조사한 유명한 연구 결과가 알려져 있다. 이 연구는 지그문트 프로이트Sigmund Freud의 딸 안나Anna도 부분적으로 기여했다.

어린아이들의 죽음과의 접촉은 그들을 둘러싸고 있는 어른들의 반응에 따라 큰 영향을 받고 또 조정된다는 사실이 밝혀졌다.

무자비한 폭격이 감행되는 동안 어두운 지하실 구석

에서는 어머니와 아이들이 서로 피난처를 찾아 부둥켜안게 된다.

이 위험한 고비를 넘기는 과정에서 어떤 아이들은 지극히 무서운 공포에 휩싸이고, 불안으로 몸을 가누지 못하는가 하면, 한편 큰 두려움이나 충격을 받지 않는 아이들도 있다.

어린아이들은 폭격 그 자체에 대해서보다는 어머니의 정서적 변화와 그 태도에 따라서, 오히려 더 심각한 반응을 보이는 것으로 알려졌다.

다행히도 마음을 편하게 가지고 늘 위안을 주는 어머니가 있는 아이들은 자신들까지도 차분한 마음으로 평정을 유지하기가 쉽지만, 어머니가 침착하지 못한 아이들의 경우는 완전히 공포에 압도당하게 된다는 것이다.

우리가 살고 있는 이 시대는 죽음을 받아들일 수 있는 것으로 생각되게 할 만한 안정된 정서적 분위기를 체계적으로 갖고 있지는 못하다.

오늘날 우리가 처한 상황은 2차 세계대전 연구에서 나타난 어린아이들의 경우를 보면, 폭격으로 공포에 질린 엄마가 아이들에게 자신의 불안을 그대로 안겨주는 정서와 비교해 볼 수 있는 장면을 보여주고 있다.

우리 역시 안도감을 심어줄 수 있는 정서적 분위기를 결여하고 있는 것, 또한 사실이다.

이러한 고통이 적었던 좀 더 안정된 시대에는 죽음과 삶이 서로 어떠한 관련을 맺고 있었을까 하는 문제를 살펴보자.

이상적으로 말해서 죽음은 삶의 마지막 계절, 여름에 대한 가을의 관계처럼 비교할 수 있을 것이다.

9월 하순, 그리고 10월로 접어들면 낮은 점점 짧아지고 태양 광선의 각도가 조금씩 기울어져 감에 따라, 날씨는 차츰 서늘해지고 나뭇잎들은 엷은 갈색빛으로 변하기 시작한다.

그리하여 낙엽이 지고, 11월쯤에는 나뭇가지에서 마지막 잎새까지도 찾아볼 수 없게 된다. 가을이 오면 잎사귀들은 더 이상 나뭇가지에 붙어 있을 수 없다.

그리하여 태양은 고요히 숨겨 가는 것이다.

인간 존재의 변화와 성쇠를 다른 자연계의 운행 경로와 변화만큼 리드미컬하게 체험한다는 것은, 인간의 오랜 소망이었고 열망이었으리라.

한 사람의 생애에서의 변천 추이를 자연의 여러 계절

과 비교하는 것은 구약성경 구절에 훌륭하게 표현되어 있다.

1960년대 초에 '턴 턴 턴Turn Turn Turn'이라는 노래|처음엔 피트 시거Pete Seeger가 취입 했다가 나중엔 더 버즈the Byrds가 로큰롤 판으로 내놓았다. ; 역자주|에서 이러한 구절들이 음악화되어 세상에 나오자, 사람들은 이 가사歌辭가 바이블에서 인용한 것임을 알고 놀라워했다.

이 세상의 사사로운 일들엔 끝이 있고, 그 목적을 이룰 때가 있습니다. 태어날 때가 있으면 반드시 죽을 때가 있고, 심을 때가 있으면, 그것을 거둘 때가 있습니다.

죽일 때가 있고 치료시킬 때가 있으며, 파괴할 때가 있고 세울 때가 있으며, 울 때가 있고 웃을 때가 있으며, 슬퍼할 때가 있고 춤출 때가 있으며, 돌을 던져버릴 때가 있고 돌을 거둘 때가 있으며, 안을 때가 있고 안는 일을 멀리할 때가 있으며, 찾을 때가 있고 잃을 때가 있으며, 지킬 때가 있고 버릴 때가 있으며, 찢을 때가 있고 꿰맬 때가 있으며, 잠잠할 때가 있고 말할 때가 있으며, 사랑할 때가 있고 미워할 때가 있으며, 전쟁할 때가 있고 평화로울 때가 있느니라. [전도서 3장 1~8절]

피트 시거가 이 성경 구절의 수정판을 음악화하여 가사로 채택했을 때, 그는 이미 여러 달 동안이나 이 구절이 적힌 종이를 정성껏 접어서 지갑 속에 넣고 다녔다.

이 구절은 참으로 강력한 호소력이 있고, 모든 사람을 감동하게 하는 바가 있었다.

그것은 이 구절이 우리 모두가 진실이라고 서슴없이 받아들일 수 있는 그 무엇인가를 제시해 주고 있기 때문일 것이다. 비록 그 진실이 사람들에게 회피당하고 있는 것도 사실이지만.

대부분의 사람들에게 있어 변화의 과정 —'옛것'이 사라짐을 받아들이고, 한편 '새것'이 도래함을 기꺼이 맞이하는—은 자연계에서 계절의 변화만큼은 우아하지도 리드미컬하지도 못하다.

인도에서는 삶의 운행 경로가 제단계諸段階로서 감지되고 있다. 학생들부터 당대 손꼽히는 현자로 알려진 사람들까지 이미 일반화된 사실이다.

그들은 인생의 특정한 한때를 종교적 전통이란 입장에서 재가裁可 받는, 어떤 특정한 활동을 위한 기회로 받아들이고 있다.

그러나 우리 서구인들에게는 인도인 중에서도 현대에

물든 많은 사람들이 그러하지만| 예전에는 인간 생활의 변화를 용이하게 받아들일 수 있도록 해 주었던 종교적 의식, 또는 단계적 행사가 종교적 신앙과 함께 사라지고 말았다.

이에 따라 어떤 인생의 무대로부터 다른 무대로 옮아가는 것이 혼란과 불안 속에서 이루어지게 되었다.

예처럼 삶의 변천 과정의 여러 단계가 축하할 일이 아니라, 이젠 커다란 고통과 혼란을 불러오는 경계의 대상이 된다.

이 책에서 우리는 이러한 여러 문제에 대한 접근 방식으로 형성 과정, 또는 심리적 형성 과정이라는 요소에 초점을 맞출 것이다.

곧 이미지|영상|와 심볼|상징|의 창조와 재창조의 끊임없는 과정을 형성 과정으로 보아, 이를 인간의 정신적 삶에 필수적인 과정으로 보는 것이다.

생명감 또는 활력감이라는 것은, 그 상징적인 과정이 행위와 지침을 줄 수 있고, 의미를 부여해 줄 수 있는 형식과 이미지를 제공할 때 한해서 탄생하는 것이다.

20세기 대살육의 역사와 온갖 훈련은 현대인에게 일

종의 상징적 결함을 가져오게 하였다.

우리 인간이 자신의 체험을 상징적으로 해석할 수 있는 능력은, 너무나 급격한 사회의 변천과 보조를 맞출 수가 없었다.

전통적으로 인간이 세계를 이해하는 수단으로 역할을 해 왔던 ‘상징의 체계들|the system of symbols|’, 한편 인간이 그 속에서 언제나 활기 있는 삶을 유지할 수 있었던 사회적 조직과 체계들이, 오늘날에 와서는 더 이상 삶의 영위를 위한 안락한 이미지나 방편을 부여하지 못하고 있다.

가족 · 직장 · 종교 · 정부 · 군대 생활 등의 여러 가지 교육기관—이 모든 것들, 심지어는 사람의 ‘인생 순환|life cycle|’ 그 자체의 연속성까지도 광범위한 비판을 받고 의욕을 상실하는 실정이다.

베트남 전쟁과 워터게이트 사건 같은 예가, 우리 인간의 모든 문화적 형태에 대한 훨씬 광범위한 위기라는 의미에서 대표적인 위기였다고 아니할 수 없다.

심리적 형성 능력의 기능이 심각한 저해를 받을 때, 사람은 그 감각 능력을 잃어버리고 마비 상태에 빠지고 만다. 이러한 현상은 역사적 사건들이 엄청나거나 논리성이 결여된 어처구니없는 것일 때, 또는 너무나 가공스러운 것이어서 문화의 적절한 상징을 통해 의미 있는 표현을 해낼 수가 없을 때 일어나는 것이다.

이럴 경우 사람들은 그들 자신의 삶으로부터 더 멀리 소외되어 있다는 느낌을 받지 않을 수 없게 된다.

'자기 자신조차도 느끼지 못하게 된 사람들, 자신의 힘으로는 느낄 수도 없게 된 사람들'이 무수히 탄생하는 것이다.

무감각無感覺, 또는 탈감각脫感覺이란, 현대 세계의 특징적인 심리학적 과제가 아닐 수 없다.

보지도 듣지도 못한 사람들의 머리 위에다 생각도 없이 폭탄을 떨어뜨리는, 제트기 조종사들은 폭격을 받은 지상의 생명에게 무슨 일이 일어나든, 아무런 느낌도 없는 것이 일반적 현상이다.

텔레비전 프로그램에서 그러한 폭격의 장면을 지켜보는 우리 역시, 약간 다르긴 하지만 비슷한 무감각 상태에 있는 것이다. 이러한 감각의 마비가 우리 인간의 느낌을 차단하는 것이, 바로 죽음이다.

삶 자체|또는 적어도 삶의 한 부분|가 죽어가는 것이다. 극단적인 상황에서는 이러한 감각의 마비 역시 극단적

인 형태를 취하게 된다.

그 좋은 본보기로 숱한 남녀가 소위 '걸어 다니는 시체들'이라고 묘사된 것처럼, 살아 있는 죽음의 존재로 변질되었던 2차 세계대전 당시의 '죽음의 수용소death camps'이다.

인간의 마음은 이같이 깊은 의미를 지닌 것으로 상징화될 수 없거나, 도저히 내부에서 재창조될 수 없는 경험을 받아들이지도 흡수할 수도 없다.

이러한 경과에서 체험한 감각의 마비 상태는, 어느 정도까지는 심리적 고통으로부터, 인간을 보호하는 기능을 발휘하기도 한다.

무감각이 서서히 완전한 인지認知로 바뀔 수 있을 때는, 무서운 체험도 점진적인 방식으로 마주 대할 수 있게 된다.

하지만 너무 지나친, 그리고 그칠 줄 모르는 감각의 마비가 온 경우에는 영원한 감지 불능感知不能을 의미하는 상태이다.

사랑하는 사람의 죽음을 받아들이는 과정은, 일반적으로 처음엔 무감각 상태를 유발하는 것이 보통이다. 도저히 믿을 수가 없지만 말이다.

그리고 아주 점진적으로 인지 상태로 변화하는 충격에서 살아남게 된 사람은, 그의 엄청난 손상과 삶을 지속해야 한다는 심리적 과제에 직면하게 된다.

서구 문화에서는 누군가가 죽었을 때, 그 가족과 친구들이 죽은 사람을 애도하기 위하여 장례식에 참석하는 것이 일반적이다.

전통적으로는 죽은 사람의 유가족일 경우 1년 동안은 검은 옷을 입고 엄숙한 태도를 지키며 고인을 애도하는 것이 상례로 되어 있었다.

많은 심리학자의 조사 결과는, 이러한 태도를 유지하는 기간이 살아남은 사람들을 위해 얼마나 큰 생명감을 불어넣어 주며, 또한 그들 자신의 심리적 건강을 위해 지극히 필요한 방법임을 강조하고 있다.

오늘날 일 년씩이나 죽은 사람을 애도하는 일은 거의 없어졌지만, 1년이라고 하는 시간을 설정했던 전통적 '처방處方'에는 확실히 상당한 심리학적 지혜가 있었던 것으로 보인다.

이 1년이 지나는 동안 계절은 바뀌고 축제와 명절이 찾아오면서, 여러 가지 연중의 변화 과정에서 남은 가족은 서서히 그들의 생활 속에 죽은 사람은, 이제 그들 곁에 없다는 사실을 현실로 받아들일 수 있게 된다.

우리 인간이 갖고 있는 사람에 관한 기억은, 그 사람과 함께 가졌던 시간과 장소와 관련한 추억과 너무나도 밀접한 연관을 맺고 있어서, '누군가가 죽었다는 사실을 기억하는' 과정은 오랜 시간을 요하게 된다.

어린아이의 경우 그의 아버지가 세상을 떠났다는 것이 진짜임을 믿게 되는 점진적인 과정은, 그 어린아이의 마음속에서 대부분은 말로 나타나지는 않았지만, 다음과 유사한 심리적 애도의 과정을 거치는 법이다.

"이젠 여름이야. 그런데 내가 수영하러 가는데도 아빠는 곁에 없어. 가을이 되었어. 우리 식구가 추수감사절 만찬회를 하는데도, 아빠는 우리 곁에 없어. 오늘은 크리스마스야. 우린 모두 선물 꾸러미를 펼치고 있는데도, 아빤 우리 곁에 없어."

어린아이는 그의 감각이 지적해 주는 거듭 반복되는 증거들을 서서히 받아들인다. 그러고는 마침내 스스로 결론을 내리는 것이다.

"아빠는 이제 다시는 내 곁에 계시지 않을 거야."

이와 유사한 과정이 나이와 상관없이 죽음을 맞이한

나머지 사람 누구에게라도 일어나는 현상이다.

한 어린아이가, 아니 어떤 누구라도 친근했던 사람의 죽음을 쉽게 받아들일 수 있는 데에는 많은 요소가 작용해야만 한다.

예컨대 한 어린아이가 언제나 사랑으로 가득 찬 가족의 한 일원임을 가족들로부터 정서적인 뒷받침을 얻을 수 있으며, 자신의 슬픔이나 두려움을 자기 나름대로 표현할 기회가 자주 부여된다면, 이런 어린아이는 오래지 않아 다시 뛰어놀고 공부하고, 그리고 최소한의 자기 연민과 자학만을 가지고서 발전된 삶을 영위해 나가게 될 것이다.

살아남은 사람들의 애도 과정으로서는 '슬픔을 극복하는 과제'가, 처음에는 느낌과 감각의 손상으로 나타나고, 이것이 스스로 받아들여질 수 있을 만한 새로운 이미지와 느낌이 형성될 때까지 계속 이어지게 된다.

만약, 이러한 애도의 과정을 거치지 않는다면 사람의 마음 깊숙이에서 명확하지는 않지만, 여전히 감각의 마비 증세가 계속될 것이다.

종교가 보다 광범위하고 중대한 일을 수행했던 과거의 역사적 시기에는, 교회가 주는 위안과 하나님을 우러르는 신앙이 슬픔과 충격에 빠진 사람들에게 크나큰 도움이 되었다.

그러나 오늘날 우리 현대인들에게는 그러한 지주支柱는 한계 효용을 잃고 말았다. 바로 이러한 지주의 상실이 오늘날의 심리학적 혼란과 딜레마|dilemma : 진퇴양난|의 일부인 것이다.

인간은 자주 직면할 수 없고, 그렇다고 도피할 수도 없는 사물은 은폐하려는 경향이 있다.

남 캘리포니아에 있는 공원묘지와 같은 곳이, 우리 인간의 죽음을 매장하려는 노력을 잘 나타내고 있다.

세계 최고의 이 공원묘지에는 죽음이라는 말 자체가 아주 더러운 것으로 묘사되어 있다.

이 공원에 안치된 사랑하는 사람들|고인이라든가, 죽은 사람이라는 말은 절대로 사용하지 않는다|은 온몸에 방부제와 살균제를 정성껏 칠하고, 온갖 화장품과 장식품으로 꾸며서 마치 살아 있는 사람처럼, 그리고 행복한 듯한 미소를 머금고 있다.

그것은 안식을 취하도록 누워 있는 것이다. 절대 매장이라고는 하지 않는다.

병원에서조차도 죽음에 관해서는 황당무계해하고 갈

피를 못 잡고 있다. 의사들과 과학 기술자들은 그들의 과학과 설비를 사람들이 살아 있도록—적어도 그들이 숨을 쉬는 행위를 계속할 수 있도록— 유지해야만 하는 것으로 되어 있다.

죽음이란 의학에 있어서는 하나의 좌절이고 패배로 규정하고 있다. 그것은 원하지 않는 불법 침입자이고 인생의 여러 계절 중에 한 자리를 차지할 수 없는 것으로서, 인간사의 하나로 인정하지 않고 있다.

어떤 저명한 기술자가 말했듯이 '사고가 죽음을 초래하는 유일한 원인이 될 수 있도록 나이를 먹고 늙어간다는 문제를 완벽하게 극복'하려고 애쓸 뿐이다.

생명의 등불이 꺼짐을 모면해 보려는 가장 처절한 노력은 사망 직후에 사체를 냉동하는 방법이다.

이 인체 동결人體凍結 운동의 배경에 있는 이론적 근거는 실로 의아하긴 하지만, 죽음을 초래한 질병의 치료법이 발견되었을 때, 냉동한 사체를 치료하여 다시 살아나게 할 수 있지 않을까 하는 가상假想의 방법이다.

오늘날의 조직 이식이 좀 더 보편화된 의학 기술이 심장이나 신장의 기능이 꺼져버릴 만한 사람들의 생명을 연장해 주고 있다.

새로운 의학 기술이 많은 사람의 고통을 덜어주고 커다란 위안을 가져다주긴 하지만, 그러면서도 사람들의 더 극단적인 표현이 죽음을 삶 순환의 한 부분으로 받아들이기에는 몹시도 어렵다는 것을 잘 반영한다.

그리하여, 나아가서는 우리 인간들이 '태어날 때와 죽을 때'가 있다는 엄연한 진리를 스스로 부인하도록 하는 것이다.

딜런 토마스Dylan Thomas는 자기 아버지에게 강경한 어조로 이렇게 쓰고 있다.

저 영원한 밤을 향해
고요하고 평안하게 가시진 마세요.
노년이란 불타서 스러지는 것
지는 해를 바라보며 노호하는 거예요.
격분으로 고함치세요.
저 '광명의 죽음'을 향해
미친 듯한 노여움을 터뜨리세요.

그러나 인생의 꺼져가는 등불에 미친 듯이 날뛰기는커녕, 우리들은 빛이 죽어간다는 사실 자체를 믿으려 들지 않는다.

죽음이란 사실 그 자체를, 우리 자신으로부터 어떻게든 숨기려 하는 것이다.

역사가 아놀드 토인비Arnold Toynbee는 죽음이란, 비 아메리카적인 것이라고 말한 적이 있다.

진보와 힘, 그리고 활력이라든가 청춘의 아름다움에 대해서는, 그렇듯 강조하면서도 노년의 지혜와 존엄한 모습에는 전혀 한 올의 가치도 부여하지 않는, 미국 사회와 같은 문화 체계하에서는 죽음이란 존재가 자리를 잡을 여지가 없다는 것이다.

이러한 사회에서는 죽는다는 것이야말로 몸서리가 쳐질 정도로 외로운 것이고, 너무나 처절한 체험이 될 수 있는 것이며, 실제 미국 사회에서의 죽음은 왕왕 이러한 모습을 보여주고 있다.

성의 억압은 인간의 성적 욕망을 지하의 그늘 속에 숨어 춘화, 음화를 보는 것과 같은 비꼬이고 더럽혀진 성향의 탐닉을 추구하게 만드는 결과를 가져왔다.

오늘날 우리 현대인의 죽음에 대한 부정과 거부는 영화라든가 책, 잡지 따위에서 보듯, 영국의 인류학자 지오프리 고어러Geoffrey Gorer가 '죽음의 외설'이라고 불렀던 표현 그대로 묘한 결과를 초래하고 있다.

이러한 종류의 일단은 외설의 일시적인 효과를 이용하여 편의를 제공하기도 하지만, 그것은 죽음을 둘러싸고 무언가 깊은 의미를 갖는 심리학적 사고 방법을 표출해 내려는 시도로서, 결국은 거짓된 사고를 낳으려고 애쓸 뿐인 것이다.

결론적으로 이러한 사태의 진전은 인간이 자신의 체험을 계통적으로 조직화, 체계화하고자 하는 염원이 얼마나 집요하며, 또 한편으로는 우리 인간이 정직한 태도로 죽음의 문제에 직면해야 한다는 필요성을 압도적으로 보여주는 것이다.

옛날 농업 중심의 공동 사회에서는 죽음을 감추고 회피할 수가 없었다. 인류 최초의 공동 거주지나 촌락은 죽은 선조들을 매장하기 위한 장소 근처에 형성되었다.

수렵 혹은 채취 생활로 삶을 영위하던 인간들은 이제는 여행할 수 없게 된 죽은 선조들을 추앙하여 만든 매장지로 순례 여행을 하기도 한다.

이러한 일정한 장소가 훗날에는 읍성邑城을 형성하였다. 그리고 죽은 사람들을 위하여 이루어진 촌락이 마침내는 살아 있는 사람들을 위한 생활의 터전으로 된 것이다.

현대의 도시들은 오직 살아 있는 사람만을 위한 곳이다. 늙고 병든 사람들, 이젠 쇠약해져 더 이상 활발한 생활을 할 수 없게 된 사람들, 그리고 죽은 사람들은 오늘날의 도시 안에서는 마치 낡고 못 쓰게 된 자동차처럼 갈 곳을 잃어버렸다.

하지만 인간의 죽음을 이제 더 이상 부정할 수 없다는 인식이 나날이 커가고 있다.

오늘날의 정신분석학자들은 현대식 병원에서 시험관과 의학 기재들 사이에서 외로이 죽음을 맞이하도록 내버려진 환자들에게 전에 없던 커다란 관심을 기울이고 있다. 곳곳의 사람들이 이젠 엄연한 사실로 인식하고 받아들이고 있다.

그것은 우리가 오늘날 처하게 된 역사적 위기를 이해하기 위해서는, 인간이 자신을 멸망시킬 새로운 능력을 보유한 만큼 죽음에 대해서도 새로운 사고가 절대적으로 필요하다는 이유이다.

현재의 역사적 상황이 지닌 극한성과 심각한 위험은

우리 인간의 삶을 새롭게 재구성하기 위해 죽음이란 테
마가 필수 과제임을 제시하고 있다.

구약성경의 말을 인용한다면, 하늘 아래 만물의 목적
에는 각각 그에 맞는 때가 있는 법이다.

지금이야말로 소설가 포스터E. M. Forster의 다음과
같은 말을 깊이 새겨 보아야만 할 때이리라.

죽음은 인간을 파멸시킨다.
그러나 죽음에 대한 올바른 이해가
그를 구원한다.

2 삶

죽음이 쌓이는
아침에 태어난
生

진정한 삶이란
강물의 모습과 같은 것이다.
그것은 끊임없이 변화한다.
잠시도 쉬지 않고 움직인다.
어떤 때
그것은 여름과 같다.
삶이란
노동이며 고통이자
희망인 것이다.
사랑이 충족된 것이
바로 삶의 모습이다.
삶이란
야망이자 탐욕이며
곧 죽음이다.

2

삶

죽음이 쌓이는 아침에 태어난 生

'누가 살아서 죽음을 보지 아니하고' |시편 89 : 49절|

젊은 시절이란 헤아릴 수 없는 죽음

견딜 수 없는 기다림

다른 곳

다른 시간

다른 배경에 대한

그리움으로 가득 찬 것

죽음에 관해 우리가 무엇을 알 수 있을 것이며, 또 어떻게 해서 알 것인가?

고금의 인류 역사를 통하여 인간은 가지가지의 방법으로 이 문제에 대한 해답을 찾아왔다.

프로이트의 말처럼 인간은 자기의 죽음을 상상할 수 없다는 것이 사실일까?

아니면, 라 로슈푸코La Rochefoucauld의 표현대로 '인간은 태양과 죽음, 그 어느 것도 똑바로 바라볼 수가 없다.'는 말이 정녕 진실일까?

인간 정신의 발전에 관한 연구로 널리 알려진 에릭 에릭슨Erik Erikson이라는 심리학자의 보고에 따르면, 인간이 그가 존재하지 않는 상황[죽음]을 상상하려고 할 때는 오한과 전율을 체험하게 되며, 곧 생각을 돌이켜버린다고 한다고 했다.

그와는 반대로 많은 종교 철학에서는 사후의 생에 대한 선명한 영상을 가르쳐 왔고, 이 영상이 너무도 매혹적인 것이어서 사람들은 천국을 체험하고 싶은 마음에서 지상 생활의 종말을 원하기도 했다.

죽음에 관해서 사람들이 어떤 종류의 지식을 가질 수 있는 것인지 이해하고 싶은 것은 당연한 일일 것이다.

논쟁으로 점철되어 온 이 난해한 문제로 들어가기 전

에, 우선 우리는 일반적인 의미에서 지식이란 것에 대해
보다 더 근본적인 질문을 제시함으로써 이야기를 시작
하려 한다.

인간은 어떻게 '앎'을 얻게 되는 것일까? 이 문제 역
시 많은 상반된 견해를 불러일으키긴 하지만, 두 가지의
입장을 깊이 생각해 보는 것이 중요할 것이다.

그 첫 번째는 BC 4세기에 플라톤이 주장한 것으로,
모든 지식은 사람이 태어날 때, 이미 스스로 간직하고
있는 것이라고 했다.

인생을 살아 나가는 과정에서 배우게 되는 모든 것은
태어날 때부터 알았던 것, 잊었던 것을 다시 기억해 내
는 것이라고 한다.

따라서 사람이 죽음을 맞이하기 전까지 배울 수 있는
최대 최다는, 그가 태어나면서 망각했던 것과 동등한 것
이다.

두 번째로는 17세기 영국의 철학자 존 록크John Loc
ke는 이와는 정반대의 신념을 갖고 있었다.

그의 주장에 따르면 어린아이는 태어나기 전에 대해
아무것도 모른다.

우리는 모든 것을 경험으로부터 배우는 것이므로 인

생을 살면서 올바른 체험을 하는 동안에 배울 수 있는 것에는, 아무런 제한도 한계도 있을 수 없다고 록크는 말한다.

현대 심리학이 조사한 여러 가지 예증으로는 플라톤도 록크도 부분적으로는 옳은 것으로 보인다.

어린아이는 분명히 태어나면서부터 일종의 지식을 가지고 있는 것 같다. 그러나 이 지식이란 환경과의 접촉과 체험을 통해서만 광범하게 확대되고 구체적이고 분명한 것이 될 수 있는 것이다.

그런데 갓 태어난 아기가 세상에 대해서 무엇을 알고 있는가를 이야기할 때는 지식이라는 말보다 심상心像이라는 말을 사용해야 할 것 같다.

어떻든 록크의 주장처럼 태어날 아기의 마음이 완전히 공백 상태라고 생각할 수는 없는 것이 분명하다.

갓 태어난 아기는 젖을 먹여줄 것을 기대하고 엄마의 젖을 어떻게 해야 할지를 알고 있다. 아기의 마음속에 자리 잡은 심상의 힘이, 아기가 어머니에게 향하도록 안내해 주며 살아 남기 위해 필요한 것을 획득하는 데 있어서 엄마의 파트너가 될 수 있도록 도와준다.

그러나 내부적 심상이 아이에게 행동의 동기와 지침

을 주는 데 대해 아기는 체험의 도움을 받아서야, 비로소 특정한 사물을 배울 수 있다.

아기의 심상은 차츰 자신과 외부 세계와의 관계에 대한 영상을 닮고 터득하기 시작한다.

예를 들어, 생후 6개월이 지나면 아기는 엄마를 명확하게 구별할 수 있게 된다. 일단 엄마라는 존재에 대한 의식이 뚜렷해지고 나면, 아기는 엄마라는 이 특별한 사람의 품에 안겼을 때, 최고의 만족을 얻게 되고, 엄마 아닌 다른 사람의 품 안이나 웃음으로는 쉽사리 안정감을 찾지 못하게 된다.

지금까지 밝혀진 여러 가지 확증에 따라 현대 심리학자들은 처음으로 세상에 태어나는 신생아의 두뇌도 결코 공백 상태인 것만은 아니라는 확신을 갖게 되었다.

갓난아기의 동태를 유심히 살펴보노라면 천성적으로 타고난, 또는 태어날 때부터 갖고 있는 여러 가지의 기대감이 아기에게도 분명히 있음을 알 수 있다.

또한 최근의 연구에 따르면 잠을 자고 있을 때도 유아는, 그가 지닌 심상에 대해 반응하고 있다는 것을 믿지 않을 수 없다. 그렇다면, 아기들이 이러한 상태에서 보게 되는 것이, 어떤 것인가는 그 전모를 규명하기가 도저히 불가능하다.

그러나 이미 탄생과 함께 아기에게 심상 또는 영상을 형성할 수 있는 능력이 있다는 것은 부인할 수 없다.

태어난 지 얼마 되지 않는 동물 새끼들의 행동 관찰에서도 어떤 종류의 지식은 이미 태어날 때부터 갖고 있음을 보여준다.

어떤 새의 새끼들은 배가 고플 때면 어미 새의 부리에 있는 점박이 무늬를 쪼아댄다. 이것은 어미 새에게 입을 열고 먹이를 집어 달라는 신호인 것이다.

바로 이 새끼 새의 행위에서 어미 새의 부리에 박힌 점무늬를 쪼아대기 위해서는 새끼 새 자신의 세계와 관련된 어떤 내재적 영상이나 연상을 가지지 않고서는 안되는 일이다.

순수하게 어떤 유기체有機體의 내부로부터 유도되어 나오는 행위에 관해 이야기할 때면, 심리학자들은 보통 본능이라는 용어를 사용하게 된다.

이러한 본능에 관해 프로이트는 두 가지의 영역을 생각했다.

첫째로는 그 유기체가 동물이든 인간이든 삶의 방향으로 충동을 일으키게끔 하는 본능과, 둘째로 죽음을 향

한 쪽으로의 성향을 띤 본능이 있다는 것이 그의 추론이
었다.

프로이트는 삶의 과정을 이러한 삶과 죽음의 두 본능
사이에서 일어나는 일종의 투쟁으로 본 것이다.

삶으로 향한 본능은 유기체가 식욕을 충족시키고, 그
에 따라 여러 가지 종류의 기아가 일으키는 긴장을 감소
시키는 방향으로 작용한다.

이에 대해서 죽음의 본능은 프로이트의 생각에 따르
면, 모든 살아 있는 유기체가 그로부터 표출되어 나온
생명이 없는 무생물의 상태로 유기체를 끌어당기고 있
다는 것이다.

따라서 이 두 가지 본능의 집합들은 모두 유기체를 비
활동—죽음의 본능은 직접적으로, 그리고 삶의 본능은
충분한 만족 후의 상태에 뒤따라오는 조용한 휴식을 통
해서—의 영역으로 이끌어가는 것이다.

이리하여 프로이트는 명확한 어조로 이렇게 잘라 말
하고 있다.

'모든 생명의 목적은 죽음이다.'

본능이라는 말이 지닌 문제점은 이 말이 항상 거의 동
일한 형태로만 존재하는 맹목적인 힘으로 느껴진다는

것이다. 내재적 심상이라는 용어가 더 유용한 것으로 생각된다.

왜냐하면 이 용어에 의하면 내부에 존재하는 지도적 영상이 삶의 순환 과정을 통하여 끊임없이 변화하고 있음을 가리키기 때문이다.

어린 아기는 이 내재적 심상에 의하여 어머니에게로의 집착이라는 방향으로 행위의 지침을 받는다.

그러나 이 심상 자체가 유아기를 거쳐 어머니와 어린 아이의 관계가 발전되어 감에 따라 그 형태가 변화하고 진화하게 된다.

더구나 어린아이가 말을 배우고 이 세계에서 자신의 위치에 관해 사고할 수 있는 언어를 획득함에 따라, 심상은 훨씬 더 복잡한 양상을 띠게 된다.

이에 대해 본능이라는 용어는 좀 더 기계적이고 언어라든가, 변화하는 심상에 별로 영향받지 않는 행위라는 이미지를 불러일으키기 때문에, 인간의 행위를 설명할 수 있는 용어로는 적절하지 못하다.

내재적 심상은 처음에는 단지 생리학적 차원에서만 존재한다. 이러한 상황에서는 세계에 대한 내적 형상이라는 의미에서, 아직은 결코 영상의 형태를 취하고 있는 것은 아니다.

이 단계의 내재적 심상은 오히려 그것이 요구하는바 자양물과 성육成育으로 유기체가 향해 가려는 하나의 성향일 뿐이다.

시간이 흘러 유아기를 지나면서 이 심상은 자아의 세계에 대한 일종의 원초적 사상으로 변모한다.

어린아이는 낯익은 얼굴들과 사물을 인식하게 되고 그들이 가까이 있을 때는 만족을 느끼지만, 주위에 이런 친근한 모습이 보이지 않을 때는 불안을 느끼게 된다.

더욱 시간이 흘러 어린아이가 언어에 대해 보다 더 완전한 지식을 갖추면서부터는 영상이 변해 의사전달이 가능한 개념, 또는 사고의 형태를 갖추게 된다.

이러한 일련의 연속된 발전 과정을 통해 심상은 어떤 윤리적 자질을 지니게 되고, 이것이 '무엇을 해야 할 것인가'에 대한 지침으로서 작용한다.

이와 같이 내재적 심상은 인간의 나이와 삶의 제반 상황의 변화에 따라 민감하게 반응하며 동시에 스스로 진화 발전하는 것이다.

이후 죽음의 본능이라기보다는 죽음의 심상이라고 부르는 것을 논의하게 되겠지만, 프로이트가 죽음의 본능에 관해서 이야기한 것에서, 우리는 무엇인가 중요한 점을 배울 수 있다.

프로이트의 생각으로는 삶의 원초로부터 이미 죽음이라는 게 어떤 통일된 방식으로 존재한다는 것이다.

이러한 이유로 프로이트가 보는 삶의 견해에서 죽음은 중심적인 역할을 맡고 있다.

그러나 그는 죽음을 오직 본능이라는 관점에서만 밝혀내고 있기 때문에, 한 인간의 자아와 세계에 대한 점점 발전해 나가는 사상視像을 형성하는 일에 있어서 심상과 언어의 중요성을 과소평가하고 있다.

인간은 자신의 체험에 무엇인가 의미, 또는 중요성을 부여해 줄 개념이라든가 심상, 또는 여러 가지 상징을 적절하게 개발하지 않고서는 견딜 수 없는 것이다.

프로이트는 '삶의 목적은 죽음'이라고 말하면서 비생명, 즉 무생물의 상태로 삶의 존재를 충동질하여 끌고 가려는 본능적인 욕구가 있다고 한다.

이러한 본능적이라는 말이 진실을 오도誤導하는 것임을 알고 있는 바이지만, 프로이트가 내세운 가정의 밑바닥에 자리 잡은 근본적인 생각에 대해서는 역시 동의하지 않을 수 없을 듯하다.

죽음은 심리학의 견지에서 볼 때 삶이 발아發芽하는 원초에서부터 스스로 존재하는 것이다.

어린아이가 죽음이라는 개념을 습득하게 되기까지는 여러 해의 긴 시간이 요구된다. 죽음의 개념은 어린아이가 분명히 태어날 때부터 가지고 있고, 그 어린아이의 체험과의 연관에 따라서 발전되고 구체화 되는 내재적 심상의 근저에서 점진적으로 이루어진다.

어린아이가 겪는 체험의 특정한 성격이 후에 이 어린아이가 죽음이라는 개념을 지니게 될 느낌에 지대한 영향을 줄 수도 있다.

삶의 순환 곡선이 진행되면서 온갖 삶의 요소들이 유전 변화流轉變化하는 동안 죽음과 관련된 심상이나 개념이 끊임없이 발전해 나가고, 동시에 이것이 개인적인 체험이나 지적 능력의 발전을 반영하기도 한다.

어린아이가 삶과 죽음에 대해서 갖게 되는 최초의 심상은 다음과 같은 세 가지 반대 개념의 집합을 중심으로 형성되어 있다고 생각된다.

연　결 ↔ 분리
움직임 ↔ 정지

완　전 ↔ 분해

　어린아이와 어머니의 관계를 묘사함에서 음식물과 보살핌에 대한 기대에 관해서 말했다.

　어린아이는 어머니에 대한 끊임없는 집착으로 찾고 있고, 내재적 심상이 어린아이의 이러한 소망을 유도하고 있다.

　아기는 울며 젖을 빨고 엄마에게 매달리고, 언제나 뒤를 쫓아다니고, 때때로 웃기도 하면서 자신이 필요한 보살핌을 얻기 위해 한결같은 노력을 한다.

　결국 우리는 아기에게 삶이란, 곧 보살핌과 의지의 원천에 연결되어 있음을 의미한다고 말할 수 있다.

　어린아이가 자양물과 성육의 원천으로부터 떨어져 혼자 내버려져 있을 때는 커다란 두려움과 불안에 사로잡히게 된다. 바로 이 분리라는 영상이 죽음이라는 이미지와 연결되는 것이다.

　건강한 아기나 어린아이들을 지켜본 사람이라면, 누구나 그들의 활기찬 움직임을 보게 될 것이다. 운동을 함에 따라 근육과 근육 상호 간의 근육 운동 조정이 점차 발전한다.

이것은 곧 어린아이가 여러 가지 형태의 놀이에 집중함으로써 얻어내려고 하는, 바로 무의식적인 목적인 것이다.

'움직임은 곧 생명이다.'

'정지'—움직임의 반대—는 바로 죽음에 대한 심상과 연관을 맺고 있다.

어린아이는 자신의 의지에 반해서 꼼짝하지 않고 가만히 있도록 강요받게 되면, 오래지 않아 신경질적인 아이가 되어 화가 끓어오르게 된다. 움직일 수 없다는 것은 곧 죽음을 의미하는 것이다.

물론 어린아이들은 잠을 자고 있을 때 가장 활동을 적게 한다. 또한 밤 기도가 다음과 같이 시작된다는 사실, 역시 흥미롭다.

전 이제 누워서 잠을 잘 거예요.
하나님, 이제 영혼을 지켜주시길 기도드립니다.
만약에, 만약에 깨어나기 전에 죽는다면,
하나님 아버지가 제 영혼을 간직해 주세요.

오래전부터 해 오던 밤 기도가 그토록 어린아이들 사

이에 인기가 있다는 사실은, 어린아이의 심리 속에는 잠과 죽음 사이에 맺어진 일종의 심리적 등식等式의 유사함과 연속성의 영상에 대한 절실한 필요성을 함께 보여준다. 우리는 어린아이의 삶에 있어, 바로 이와 같은 심상의 중요성을 강조하고 싶다.

훗날 흔히 볼 수 있는 심리적 부조화不調和, 또는 갈등은 이러한 삶의 연속성에 대한 초기의 심상이 제대로 형성되어 있지 않았던 수치로 거슬러 올라가는 경우가 많다.

때로는 상황에 따라서 잠과 죽음이 연결되어 있다는 연상이, 죽음을 조금 더 두렵지 않은 존재로 만드는 경우도 있다.

이와 같은 가능성은 실비아 앤토니Sylvia Anthony가 「유년 시절 및 그 이후의 죽음에 대한 자각自覺」이라는 논문에서 보고했던, 갓 세 살을 넘긴 한 어린 소녀의 실례에서 명백하게 보인다.

마알렌Marlene의 어머니는 갑작스러운 죽음의 손길에 붙잡혀갔다. 그런데 마알렌은 죽은 엄마의 곁에 가만히 드러눕는 것이 아닌가. 엄마는 뒤헝클어진 침대 곁의 마룻바닥에 쓰러져 있었고, 분명 심장마비를 일으켜 고통으로 몸부림을 쳤던 것이 분명했다.

다음 날 마알렌은 아빠의 손에 이끌려 학교로 갔다. 학교에 도착하자마자, 마알렌은 마냥 즐거운 듯이 선생님에게 말하는 것이었다.

"엄마는 마루에 누워서 잠이 드셨어요. 나도 엄마처럼 잠잘 거예요."

상당한 시간이 흐르고 나서야 어린아이는 차츰 잠과 죽음의 차이를 인식할 수 있게 되고 죽음의 궁극성을 조금씩 깨닫게 된다.

예컨대 아직 학교에도 가기 전의 아이는 죽음이란 것이 집으로 돌아오는 일처럼 되돌릴 수 있는 것이라고 생각하기 일쑤이다.

그러던 것이 나중에는 죽음이란 종국을 의미하는 것이고, 그뿐만 아니라 도저히 피할 수 없는 것으로 자신을 포함해서 누구에게나 찾아온다는 사실을 알게 된다.

어린아이가 이 모든 것을 이해하기 시작하는 연령과 시기는 상당한 차이가 있지만, 대부분 다섯 살부터 9살 사이에 일어나는 것이 보통이다.

그러나 비록 그 생각이나 개념이 매우 모호하고 혼동되는 것이 통상적이긴 하더라도, 이미 훨씬 전부터 죽음이란 것을 느끼기 시작한다는 것을 강조해 두는 것은 매우 중요할 것이다.

세 번째의 반대 개념은 흔히 '한데 모은다'라는 말이 의미하는 것과 일맥상통한다.

삶의 완전성|完全性 : 여기서는 통합이라는 용어와 밀접한 관련이 있음. ; 역자주|이란, 자신이 외부의 영향을 받지 않는 순수한 모습으로 하나의 존재로 남아 있음을 의미한다.

그 반대의 이미지는 분해|혹은 분열|의 상像으로서 서로 떨어져 나가고 와해되어 지리멸렬의 상태로 되는 것을 가리킨다.

인간의 삶이 시작되는 최초의 날로부터, 이미 육체적인 소멸이나 분해에 대한 공포가 도사리고 있다.

이러한 두려움은 분리와 정지에 대한 두려움과도 연결되어 있다. 죽음에 대한 모든 심상은 서로 긴밀하게 연관되어 있기 때문이다.

그러나 초기의 분해 공포는 자신의 육체에 영향을 미치는 일종의 위협이고, 그 분해의 영역이란 점에서도 도저히 신성불가침의 그것이다.

절상切傷, 또는 깊은 상처를 입고 피를 보게 되면 곧 굉장한 불안과 두려움을 느끼게 된다. 상처나 피는 분해라는 죽음의 심상과 가까운 것이기 때문이다.

분리·정지, 또는 분해의 심상과 관련되는 상황들은 비록 그 체험 자체가 실제로는 위험한 것이 아니라 하더라도 지극한 불안을 야기한다.

아빠가 어린아이를 잠시 아주 낯선 곳에다가 혼자 있게 남겨두었을 때, 그 어린아이가 얼마나 애타게 울며 두려움에 질려 비명까지 지르게 되는지를 잘 알 수 있을 것이다.

또는 아이가 칼 따위에 베었다든지 해서 피가 흐를 때 얼마나 겁에 질려 놀라워할지 충분히 상상할 수 있다.

이렇게 필요 이상으로 과장된 공포는 그것이 연관된 더 궁극적인 자기 소멸의 영상이라는 의미의 상관관계에서 살펴보면 이해하기가 어렵지 않다.

초기 정신분석학자들 중 한 사람인 오토 랭크Otto Rank에 의하면 인생 노정人生路程 일체의 불안은, 모두 그 인생이 최초로 겪은 충격에서 얻은 것이라 한다.

그리고 그 충격이란 다름 아닌 '태어남'의 트라우마|t

rauma : 정신분석학에서 인간의 정신에 영구적 영향 또는 결과를 남기는 쇼크를 가리킴. ; 역자주|라고 그는 믿었다.

인간은 탄생하는 순간 어머니의 자궁 속에서 누리던 완벽한 안정 상태에서, 이 세상의 예측 불가능한 자극으로 뒤바뀌는 대전환을 맞이한다.

이러한 관점에서 태어난다는 것은 지극히 무서운 체험이고 영원히 가시지는 않는 공포를 창조하게 되는 것이다.

출생이, 모든 불안을 창조한다고 말하기보다는 태어나는 것이, 죽음의 심상에 대한 어린아이의 천부적 잠재 가능성을 활성화하는 최초의 체험이라고 함이 더 좋을 것이다.

아기는 갑작스럽게 어머니로부터 분리되어, 그때부터는 자신의 힘으로 움직이지 않으면 안 된다. 게다가 너무 갑자기 고통이나 분해라는 두려움을 맞이해야 한다.

아기가 탄생한 이후 유년기와 소년기를 거쳐, 청년으로 성장하고 장년기를 거쳐 노년으로 이행해 가는 동안 꼭 같은 과정을 몇 번이고 거듭 체험하게 된다.

완전히 성숙한 한 인간이 되기까지의 과정에서 일어나는 하나하나의 새로운 단계|그것은 곧 새로운 탄생이기

도 하디는 분리와 정지, 그리고 분해라는 천부적 심상과 관련된 죽음에 대한 공포스러운 불안을 거듭 일깨운다.

이러한 삶과 죽음의 심상은 인생의 전 과정을 일관하여 지속되고 발전된다.

이러한 심상은 아이가 성장하면서 죽은 동물의 모습을 보거나 차마 못 볼 중상을 입은 환자를 본다든지, 기타 분리와 정지 및 분해의 연상을 일으키는 사물과 접촉하는 체험을 함에 따라서, 점점 구체적이고 명확한 것으로 변모한다.

어떤 특별한 극단적인 체험은 어린아이의 마음속에서 삶의 심상과는 반대된 죽음의 심상을 지극한 것으로 가중하기도 하고, 오래도록 가시지 않는 불안의 문제를 만든 경우도 있다.

어린 형제나 누이의 죽음 같은 예가 이러한 체험의 범주에 속할 것이다. 이러한 경우라면 어린아이는 그저 작기 때문에 죽음이 그를 데려갔다고 믿어버리는 수도 있는 것이다.

나이가 세 살, 또는 네 살 정도쯤 되면, 대체로 어린아이는 죽음이란 개념을 의식하게 된다.

죽음이 하나의 선명한 독립적 개념으로 성장하면 분

리와 정지 및 분해에 대한 심상이, 요컨대 죽는다는 걸 의미하는 통일된 인식으로 묶이게 된다.

대체로 어린아이들은 죽은 사람을 어디로인가 가버렸다고 생각하거나 아니면, 물어뜯긴다든가 하는 총격, 또는 칼에 찔린다든가 폭격이나 화재, 자동차 사고, 화장실 바닥으로 오물과 함께 쓸려내려 갔다든지, 또는 몸의 한 부분이 터져서 피가 쏟아져 나왔다든가 하는 따위의 격렬한 사고의 희생쯤으로 대부분 생각한다.

어린아이가 죽음을 이해하는 양상은, 그 아이가 죽음의 현장을 보았거나 남들이 이야기하는 걸 엿들은 죽음의 형태에 강력한 영향을 받는 것이 보통이다.

중류 계층의 아이들인 경우에는 죽음이 노령이나 질병 등으로 일어난다고 생각하기가 쉬운 반면에, 도심지 가난한 집안의 아이들은 죽음을 폭력이나 사고, 자살 등과 연관시키는 예가 많다.

어린아이의 죽음에 대한 개념은 초기의 죽음에 대한 심상이, 삶과 연속선상에 있는 심상을 압도하는 경우 완전히 두려움으로 뒤덮이기 쉽다.

삶의 연결성, 움직임, 그리고 완전성의 심성을 강화해 주는 체험들은 신뢰와 희망의 태도를 불러일으키게 될 것이다.

어린아이는 연속성의 개념이 확실한 것으로 믿게 될 때, 비로소 죽음의 개념을 파악하려고 노력하게 된다.

이것은 죽음의 실제성을 도외시하려는 것과는 대단한 차이라 아니 할 수 없다.

숨바꼭질과 같은 어린아이들의 놀이는 곧 아이들의 사라짐|소실消失, 소멸消滅|과 돌아옴|회복回復, 복귀復歸|에 대한 초기적 관심을 반영하는 것이다.

이러한 관심은 태어나서 불과 몇 개월부터 나타난다는 증거가 밝혀지고 있다.

술래놀이|숨어 있다가 나타나 아이를 가볍게 놀래주는 장난|와 같은 것도 실은 같은 성격을 가진 초기 형태의 놀이이다. 매우 중요하게 여겨야 할 것은 어린아이의 이러한 영역에 대한 초기의 호기심이 부인되거나 무시되어서는 안 된다는 것이다.

어린아이가 어떤 죽은 동물이라도 발견했을 때, 이것을 기회 삼아 죽음에 관한 무엇인가를 설명해 주는 것도 좋을 것 같다.

또한 애완용 동물이 죽었을 때 함께 슬퍼하고 조그만 묘비 같은 것이라도 같이 세워준다든지 하여, 죽음의 개념과 앞으로 진행하는 생명에의 영상을 전달해 줄 수 있도록 하는 것도 한 방법이리라.

만약 죽음에 대한 개념이 이와 같은 방식으로 점차로 발전되지 않고, 또한 적절한 여러 순간에 이야기를 통해 전달되지 않는다면, 그 어린아이의 친구나 형제 또는 누이, 부모 등의 죽음은 그야말로 완전한 회복이라고는 도저히 있을 수 없는 영구적인 충격을 아이에게 안기고 말 것이다.

어린 시절에 겪는 죽음에 대한 초기 반응이 그 어린아이가 일생 거치게 되는 성격 형성에 큰 영향을 미친다.

나이 많은 사람들과 부담감 없이 느긋한 대화를 하면서 죽음에 관한 지식을 습득하는 방법이 어린아이가 죽음에 대한 체험을 습득하는 양상에 무서운 차이를 일으킬 수도 있다.

어린아이는 자기 주변의 가까운 사람의 죽음에 대하여 죄의식이라든가 책임감을 느끼게 될 수도 있고, 때로는 그가 사랑하는 사람이 죽었기 때문에 사랑한다는 것은 불완전한 것이라고 여기기도 한다.

그러므로 솔직하게 털어놓고 홀가분한 마음으로 이러한 문제들을 토론할 수 있다는 것은 매우 위험한 갈등이나 모순을 초래할 수도 있는 성격 형성을 피할 수 있게 해 주는 방법이다.

프로이트는 인간의 성性에 대하여 강조했고, 또 죽음이란 아무런 심리적 표상表象도 갖고 있지 않다고 생각하면서, 이와 조화를 이루어 죽음에 대한 공포는 거세去勢에 대한 부차적인 공포로 보는 경향이 있다.

한편, 거세에 대한 공포가 어린 소년들에게 강력한 불안을 불러일으킬 수도 있다는 데 대해서는 의심의 여지가 없다.

그러나 우리가 보는 견해로는 죽음에 대한 공포가 더 근본적인 불안이고, 거세는 특정한 신체의 한 부분에서 죽음의 불안을 요약해서 보여주는 것으로 생각된다.

더구나 프로이트의 학설을 여성에게 적용할 때는 더욱 이상한 문제가 유발된다.

왜냐하면 여성에게는 남성의 거세 본능에 해당한다고 간주할 만한 정확한 해부학적 표상을 찾을 수가 없기 때문이다.

하지만 동물의 절제 수술 따위가 보다 나이 든 여성들에게 다소 유사한 불안감을 불러일으키기는 한다.

따라서 우리들은 프로이트 학설에서 남성 편견이라든

가, 죽음에 대한 공포를 거세의 공포에 종속적인 것으로 보는 프로이트의 견해에 매우 비판적이다.

그러나 남성이든 여성이든 죽음에 대한 불안이 신체의 어떤 특정한 부분에 국소화局所化될 수도 있다는 사실은 인정하지 않을 수 없다.

만약 한 인간의 인생에서 그 조건들이 갑작스럽게 변화하게 되면, 그에 따라 죽음에 대한 심상도 한층 강화되는 경우가 있다.

삶의 순환 곡선에는 여러 번에 걸쳐 위험한 고비가 있다. 그것은 곧 죽음에 대한 심상에 불을 붙이게 하는 주요한 변화를 가리킨다.

더구나 이러한 변화가 그 개인의 신체라든가, 그가 살고 있는 사회적 체제와 함께 동시에 일어나게 될 때는, 이 세상의 어떤 것에 대해서도 명확하다든가 믿을 수 있다든가 하는 신뢰감을 잃어버리게 되는 것이 보통이다.

마치 밥 딜런Bob Dylan이 부른 노래의 가사처럼 '구르는 돌처럼 이 세상 누구도 당신을 모른다면, 어떤 기분이겠어요?' 그리고 이런 때에는 안락을 느낄 수 있는 세계로 알려진 자아自我도 존재할 수 없는 것으로 생각될 수밖에 없을 것이다.

유년기에서 성년기로 옮아가는 변이變異 기간이 바로 이와 같은 시기에 해당한다. 이 시기는 사춘기라고 알려진 그것으로, 보통 열두 살과 열다섯 살 사이에 성적 기능의 발현과 함께 시작된다.

소녀에서 성숙한 여성으로 옮아가는 경우, 변이 과정이 질에서 피가 나오는 초기 월경의 시작으로 가장 두드러지게 표시된다.

소년들의 경우, 성숙한 남성으로의 변화는 음경이 자극을 받으면 발기가 확대되어 정액을 사출할 수 있는 능력을 갖추게 되는 것이 특징이다.

이렇듯 남성과 여성 모두 육체적 특정 분비액이 방출되는 새로운 능력이 발생하는 현상을 두렵고 정서적으로는 불안한 것으로 체험하게 된다.

여러 해 동안 변함없이 살아왔던 자기의 육체가 도무지 예측할 수 없는 방식으로 작동하는 것같이 보이는 것이다.

여성의 월경月經 출혈에 대해서 사전에 아무런 이야기도 듣지 못한 소녀의 경우에는 옷에 묻은 피를 보고는 놀라움에 질려버리기도 한다.

더구나 이러한 일이 사회적 공식 모임이라든가, 학교 생활에서 일어나게 되면 두려움은 물론, 말할 수 없이 당황하게 된다.

이러한 예기치 않았던 출혈의 경험이 분해에 대한 심상을 활성화하게 되고, 따라서 커다란 두려움에 휩싸이게 되는 것도 결코 놀라운 일이 아니다.

처음으로 월경을 경험하는 소녀들은 자신이 죽어가고 있다고까지 생각한다.

이제 성적 결합을 위한 준비가 되어 있다는 것, 여성에게는 곧 남성이 몸속을 뚫고 들어오게 됨을 의미하는 충격적인 생각 역시 공포감을 불러일으킬 수 있다.

소년들 역시 사춘기에 이르게 되면 몸이 조절력을 잃고 걷잡을 수 없는 이상한 느낌이 들게 된다.

소년의 경우 처음으로 겪는 사정射精의 체험은 주로 밤 동안 몽정夢精이라는 형태로 꿈속에서 이루어지는 경우가 많다.

이런 꿈은 어떤 성적 영상을 지니는 것이 보통이고, 이 영상 자체가 불안을 가져온다.

이런 시기의 육체, 갑작스럽게 모두 빠른 속도로 성장하고 남들이 보기엔 어색하게 균형을 잃고, 그리곤 도무지 예측할 수 없는 이상한 행위를 체험하게 되는, 도무지 자신이 늘 지녀오던 친근한 우정같이 느껴지지를 않는다.

그렇다고 하여 이렇게 잃어버린 친구를 대신해 줄 새롭고 안전한 어떤 곳이 있을 것 같지도 않다. 그래서 사춘기는 폭풍과 투쟁의 시기라고 말하기도 한다.

강력한 성적 환상이 곧 다른 어떤 사람과의 친숙한 접촉을 촉구하게 되고, 한편으로는 그 자체로서 두렵고 또 한편으로는 사회적인 금기禁忌로 여겨지는 것이다.

학교에서는 새롭고 보다 거칠게 보이는 요구가 이들 사춘기 소년 소녀들에게 덮쳐오고, 미래를 위한 여러 가지 계획에 대한 문제들이 더욱 압박감을 불러일으키게 된다.

친구들은 갑자기 전에 없이 경쟁적인 상대로 보이고, 판단이라든가 사물에 대한 거부가 더욱 거칠어지기만 한다.

이러한 모든 상황에서 형식에 대한 탐색이 점점 강렬해지고, 때로는 필사적인 몸부림이 되기도 한다.

한편, 이 시기의 소년 소녀들은 생애 처음으로 공허감에 직면하기도 한다. 자신은 아무런 의미도 없는 무의미한 존재일 수도 있다는 생각이 갑자기 뇌리에 떠올라 사라지질 않는다.

그래서 이제는 잃어버린 것만 같은 과거와 도무지 상상하기 어려워 보이는 미래를 향해 마음을 의지하고 있는 듯이 보인다.

이러한 모든 어려운 위기로부터 어디로 탈출해야 할 것인가?

여전히 자신을 어린아이로 여기고 공상을 통해서든 현실적으로 든 어린아이처럼 놀고 행동하는 것이 유혹적일 수도 있다.

그러나 그토록 갑작스럽게 사라져간 것은, 바로 어린 시절 유년기인 것이다.

어린아이처럼 행동하면 주위의 친구들에게 비웃음을 사게 되고 부모들에게는 꾸중을 듣는다. 지난 과거는 도무지 탈출구를 제시해 주질 않는다.

사춘기, 그것이야말로 하나의 죽음이며, 동시에 새로운 탄생을 위한 체험인 것이다.

어린아이로서는 죽음을 맞이하고, 그리고 어른으로 다시 태어나는 것이다.

사춘기 소년 소녀의 자아와 세계에 대한 모든 위협은

죽음의 심상으로부터 나오는 불안을 한층 배가시키고, 삶의 심상을 확인하는 다른 새로운 방법의 모색을 강화한다.

이러한 심상은 이 무렵부터 비유적이며 윤리적인 자질을 띠게 된다. 그 연결이 육체적인 집착 내지는 애착을 의미하게 될 뿐만 아니라, 깊은 의미를 지닌 철학과 그 목적에 대한 관련 의식을 불러일으킨다.

십 대의 소년 소녀들에게 있어 움직임이란 육체적 활동 이상을 의미하는 것으로서 정서적·지적 발전을 포함하고 있으며, 동시에 정체에 대한 혐오감을 지니고 있다.

완전성에 대한 영상은 육체의 건전함과 더불어 은연 중에 윤리적 순수성이란 내적 의미도 지니고 있다.

삶에 대한 심상은 이즈음부터는 인간적인 측면에서 올바른 것으로 보이는 방식을 통해서만 확인되어야 하고, 사춘기 소년 소녀가 자신의 윤리적 탈선에 대해 내리는 판단도, 다른 사람들에 대해 가하는 비판과 비교해서 손색이 없으리만큼 가혹하다.

사춘기의 소년 소녀들은 그들의 부모나 가족들에 대해서는 지극히 비판적인 태도를 가지게 되는 시기이다.

이러한 비판은 부모들의 입장에서는 보통 적개심이라든가 거부반응으로 느껴지기 쉽고, 실제로도 어떤 의미로는 사실이 그렇다고 할 수도 있다.

여기서 말하는 적의敵意는 전적으로 미움에서 일어나는 것만이 아니라 가족으로부터 독립해 보려는 강렬한 투쟁, 그리고 독립을 할 수 있는 자기의 능력에 대한 마음속으로부터의 회의 때문에 일어나는 것이다.

사춘기란, 요컨대 깊은 취약성을 지닌 상태가 아닐 수 있다. 이제 막 느끼기 시작하는 성인으로서의 자기 자신이 여러 가지 점에서 연약하다는 느낌을 받지 않을 수 없는 것이다.

부모로서는 이러한 자녀의 자아가 그 생명력과 힘을 확인하기 위한 과정 동안 종종 마음 아픈 일을 당하지 않을 수 없다.

사춘기 소년 소녀가 자신의 가족을 무시하는 것이 곧, 자신과의 연결에 대한 생물학적 의미의 관념에 대해 스스로 얼마나 많은 의문을 마음속에서 일으키게 하는지 모르는 것이다.

세대 사이의 관계에 대해서는 긴장이라는 요소도 틀림없이 도사리고 있는 법이다. 그러나 이런 관계의 성격

은 심리학적인 발전 과정에 있는 다른 것들과 같이 역사
와 그 변화에 따라 영향을 받는다.

급격한 변화의 시대에는 나이 든 사람들의 지혜가 좀
더 대등한 조건 위에서 젊은 사람들의 지혜와 경쟁하지
않으면 안 된다.

이러한 시기에는 젊은 사람들이 어떤 특정한 종류의
중대한 문제들에 있어서는, 그들의 부모나 스승들보다
확실히 많은 것을 알고 있다.

부모와 스승은, 그들이 젊은 사람들에게 충고할 수 있
는 기반으로 삼아야 할 자신의 과거 체험에 대해서 그리
적절한 확신을 얻고 있지 못한 때도 있고, 또 젊은 사람
들의 인생에 대해서 올바른 판단을 내릴 수도 있는 자기
의 능력 자체에 대해서도 현실적인 오류를 범하는 경우
가 많다.

이 모든 것이, 세대 상호 간 관계의 불확실성과 유동
성이라는 요소를 부여해 주고 있다.

연령이라는 것 하나만으로는 모든 문제에 있어서, 어
떤 사람에게 권위를 부여해 주기에는 부족하다.

젊은 사람들이 노령 세대에 대해 스승의 역할을 하는
가 하면, 상호 신뢰가 있는 경우라면, 두 세대 간의 엄격

한 여러 형식이 무너지게 된다.

젊은이들은 여전히 나이 든 사람들의 권위를 찾지만, 단순히 연령만이라든가, 또는 사회적 계급제도에 근거를 둔 권위가 아니라, 삶의 실제적 체험이나 지식에 바탕을 둔 권위, 젊은이들이 부상하기 시작하는 지각知覺이나 비판적 정신과 상치되는 것이 아니라, 오히려 일치 순응하는 종류의 권위를 모색한다.

사춘기 소년 소녀의 부모들 연령이 대체로 40대에 있다는 것이 문제를 더욱 긴박한 것으로 만든다.

왜냐하면 중년이란 시기에는 그 나름의 위기를 몰고 와서 분리·정지, 그리고 분해의 심상이 수반되는 죽음의 심상이 재현되기 때문이다(이 중년기 삶의 전이轉移에 대해서는 후에 더 자세히 이야기하기로 하자).

그러나 가족적 갈등의 불길은 두 세대 모두의 삶에서 연속성이라든가, 죽음의 심상에 대한 여러 가지 위기에 의해서 가열된다는 사실은, 꼭 이해하고 넘어가야 할 것이다.

흔히 사춘기 소년 소녀들은 사색적·열광적이라든가 태만과 활기·창조적, 그리고 둔감하고 비활동적이며, 친근하고 적대적이라는 등등의 서로 상반 대립하는 여러 가지 용어로 묘사되고 있다.

사실 이 시기의 소년 소녀들은 이따금 이 모든 상반되는 기질을 동시에 드러내는 경우가 많다.

그들 자신이 우선 외관적으로 보기에는 도무지 예측할 수도 없고 급격한 분위기의 흐름 속에서 어쩔 수 없이 말려들기 때문이다.

오늘날의 젊은이들은 끊임없이 새로운 신념과 믿음, 새로운 자세와 삶의 태도를 찾고 시도하면서, 어떤 것이 가장 적절한 것인지 규명해 보려고 지칠 줄 모르는 노력을 계속하고 있다.

이러한 상황에서는 아무래도 내적 사색과 실제 행동의 두 가지 측면에서 실제적 체험과 시도에 초점이 놓이게 된다.

현재의 역사적 시대상은 전에 없이 많은 선택의 여지를 제공해 주고 있으며, 이러한 실제적 체험과 실험을 절박한 것으로 아주 흥미로운 것으로 만들고 있지만, 다른 한편으로는 지극히 어려운 것으로 만들기도 한다.

이 어려움의 명백한 이유는 우리의 사회가 성인에 대해서 너무나 처절하리만큼 새로운 이미지를 요구하고 있기 때문에, 오늘날 성인이 된다는 것 자체가 도무지 쉽지 않게 된 까닭일 것이다.

사춘기의 소년 소녀들은 죽음을 피하고 삶을 추구하기 위하여 분투, 노력한다.

이러한 추구가 곧 정열적이고 창조적인 노력, 지칠 줄 모르는 행동, 또는 위대한 미래상에 대한 명상과 같은 것의 강조를 의미한다.

성인 사회가 저지르는 실수나 결함은 도저히 용서받을 수 없는 것으로 여겨진다. 제약과 저해 요소보다는 잠재적 가능성에 대한 인지認知가 더 두드러지며, 따라서 모든 일이 다 가능한 것으로 보이기 때문이다.

젊은이들은 정당하다고 간주하는 여러 가지 형태의 연속성과 행동을 지칠 줄 모르고 추구해 나간다. 이러한 것들이야말로 일할 가치가 있고, 또 그것을 위해 죽음도 불사할 만하다고 생각하는 것을 찾아 끊임없는 모색을 한다.

일생의 과업을 위한 최초의 계획이 바로 이와 같은 의문과 탐색의 시기에 설정되는 일이 많다.

사춘기를 바라보는 또 하나의 관점은 사춘기를 젊은이가 역사의 흐름 속으로 돌입하는 시기로 보는 것이다.

너무나 인간적이고 개인적인 것들, 성적 정감性的情
感이라든가 숙명적인 느낌 따위가 갑자기 개인적 차원
을 넘어서서 보다 깊은 연관성을 찾도록 촉구하게 된다.

성적인 욕망이 다른 사람들과의 밀착을 충동질하게
되고 궁극적으로는 한 개인을 세대의 순환에 한 부분이
될 수 있도록 만드는 것이다.

죽음을 인식하는 것이, 곧 삶의 의미에 대한 여러 가
지 문제를 생각해 보지 않을 수 없게 하고, 이어 한 개인
을 보다 큰 인간의 역사적 프로젝트와 연관시킬 방법을
모색하는 계기를 부여해 준다.

성性과 죽음은 생명의 여러 종류에서 진화적 변화를
가능하게 하며, 이러한 의미에서 성과 죽음은 범인간적
인 자연의 순환 과정에 기여하는 것이다.

섹스의 절정감 뒤에 찾아오는 탈진과 이완弛緩의 상
태는 프랑스인들이 '작은 죽음|la petit mort|'이라고 부
르는 바와 같이 성과 죽음 사이의 체험적 연관성을 제시
해 주는 것으로 해석해 왔다.

그러나 우리는 성과 숙명에 관한 인식 모두를 자아의
영역을 확장해 주는 기능을 할 수 있는 모든 요소를 강

조하고 싶은 것이다.

가톨릭 신학자인 존 던John Dunne은 이러한 자아 확대를 '인간 삶의 스토리 형성'이라고 부르고 있다.

던의 말에 의하면 인간의 삶에는 성적 성숙이나 죽음과 같은 어쩔 수 없이 주어지는 생물학적 사건도 있지만, 인간이 자신을 이러한 사건과 어떻게 연결 짓는가 하는 데에서 선택을 결정하는 요소가 있다고 주장한다.

누구에게나 필연적인 생물학적 과정을 둘러싸고 의미를 형성하는 이러한 과정을 통해 인간은 단순히 삶의 연대기가 아닌 삶의 스토리 하나를 가질 수 있는 것이다.

사색思索하기를 좋아하는 젊은이들은 사춘기 시기 자신의 활동과 느낌을 일기라든가, 다른 형태로 기록하는 일도 있을 것이다.

부분적으로는 자신이 하나의 역사를 지니고 있다는 사실을 확인하고 싶은 욕망에서 기록하기도 하지만, 어쨌든 그 자신의 개인적 역사를 기술해 나가는 것이다.

청소년들의 사고는 곧 인생의 철학, 그러니까 기성세대들이 관여하지 않는다면, 세상의 사물이 어떻게 변화될 수도 있지 않을까 하는 이상론적 진술을 유도하고 싶은 욕망일 수도 있다.

때로는 정치에 관한 깊은 숙고라든가 도덕적 정의 구현에 대한 추구로 학교라는 울타리 안에서, 보다 광범위한 사회에서 결의에 찬 정치적 활동을 전개하는 경우도 있을 것이다.

지금까지 우리가 삶의 심상에 관해서 논해 온 것과 같은 관점에서 볼 때, 젊은이들 사이에서 번져나간 급진적인 정치적 이념이 운동|運動 : the movement|으로 알려지게 되었다는 것은 참으로 재미있는 일이라 아니할 수 없다.

사회가 젊은이들에게, 청소년기에 관해서 생각하는 모든 것을 제공해 주는 것은 아니다.

성인으로서의 성적 변화는 생물학적으로 만인 보편의 그것이지만, 어떤 문화권에서는 이러한 육체적 변화가 성인의 책임과 특권의 시작을 의미하기도 한다.

우리네 사회의 경우에는 성적 개화性的開花에서 완전한 성인으로서 성숙하기까지는, 여러 해의 시차時差가 간여한다.

이 시차란 곧 대부분의 직장에서 받아들여지기 위해 복잡다단한 과학기술 문명과 함께, 우리의 여러 사회가 요구하는 여러 기관이 정한 기간의 학교 교육인 것이다.

이러한 교육으로 어린아이는 면했지만, 성인은 되지 못한 채 중간 시기가 점점 더 길어지는 것 같다. 따라서 이 과도기의 어중간한 영역이 야기惹起하는 림보|limbo : 원래는 지옥과 천국 사이에 있는 지옥의 변방을 지칭. 여기 서는 확실한 영역이 없이 애매모호한 중간적 상태를 의미 ; 역자주|의 상태가 난해한 심리적 긴장 상태를 더욱 심화 하는 요인이 될 수도 있다.

사춘기의 소년 소녀들은 자신들의 정신적 상태에 대 해 스스로 불안을 감지하고 있으나 생활에서 안정되어 있거나 정립된 것이 드물다는 것은 명확한 사실이다.

한편 실망감을 느낀다든지 감정이 상하는 것 같은 일 이 매우 잦으며, 또한 지극히 고통스럽기도 하다.

젊은 사람들이 가장 절실한 마음으로 묻는 물음은 '어 떻게 느낄 수 있을 것인가?'라기보다, 오히려 '어떻게 하 면 너무 깊은 감정에서 피할 수 있을 것인가?

어떻게 하면 깊은 상처에서 스스로 보호할 수 있을 것 인가? 인간은 자신의 가슴속에 안전한 어떤 비밀의 요처 要處를 지켜나가면서 사랑할 수 없는 것인가?' 하는 것 이다.

이러한 문제에 대해서는 여러 가지 각도에서 해결책

을 모색해 볼 수 있겠지만 결정적인 대답은 결코 찾을 수 없다. 이것이야말로 사춘기가 지난 후에도 오랫동안 미해결의 장으로 남아있게 될 문제인 것이다.

인간이 사랑과 성장을 위해 자신을 활짝 열어젖힌다는 것은, 곧 손상과 환멸의 상처를 입기 쉽다는 것을 의미한다.

애착愛着이라는 문제는 종교에 있어서는 말할 것도 없고 심리학에서도 지극히 심오한 영역이다.

불교에서의 몇몇 형태와 같이 애착으로부터의 완전한 해방을 갈구한다손 치더라도, 인간은 어차피 위대한 정신적 전통과 애착, 또는 연관성을 형성하게 되는 것이다.

인간이 여하한 형태의 애착을 택하든, 결국은 그 애착이 인간을 위험부담의 위치에 올려놓고야 만다는 사실이다.

프로이트는, 비록 그의 학설 속에 정식으로 다음과 같은 그의 통찰을 불어넣지는 않았지만, 한때 이렇게 말한 적이 있었다.

인생이란, 산다고 하는 도박, 곧 삶이란 그 자체에 있을 수

있는 최상의 스테이크|Stake : 내기. 내기에 건 돈|를 걸고 위험에
부딪히지 않을 때는 메마른 불모의 그것으로 곧 흥미를 잃고
마는 것이다.

그러나 인간은 자신을 둘러싸고 있는 사람들에 대한
애착으로부터 강렬한 자율성을 띠는 자아의 영역들을
개발할 수도 있다.
이러한 영역은 불가피하게 보다 큰 전통이나 지속적
인 모든 원리와 연결되어 있긴 하지만, 이러한 영역들조
차도 취약성이 없는 것은 아니다.
생명으로서의 활력과 정신적 에너지가 유지되기 위해
서는 자아를 초월한 시대적 조류와 여러 과정에 연관을
맺고 있다는 느낌을 반드시 가질 필요가 있을 것이다.
바로 이 점이, 다음 장에서 논하고자 하는 주제이다.

젊은이들은 때로 아주 특이한 양식의 외양을 취하는
경우도 있다. 죽음의 심상 중 한 형태라고 생각되는 손
실을 실제로 직면하게 되는 불안을 한껏 배제하면서 자
신들이나 다른 사람들에 의해서 성장하고 있으며 진화
하고 있음을 보이고 싶어 하는 것이다.

이러한 방식 중의 한 테크닉|technic : 수법|은 지극히 지적인 인간이 되는 것으로서 사고라든가, 대화 속에서만 새로운 대체 양식을 모색한다.

이렇게 하는 동안에 비록 삶의 실제적인 변화와 실천적 행동은 회피한다 쳐도 역시 연결감과 움직임, 그리고 완전성을 지니게 되는 것으로 여겨진다.

그런가 하면 사춘기의 소년 소녀는 금욕적 형태의 자세를 취하게 되는 일도 있다. 이런 경우 자신의 강렬한 욕망과 공상을 거부하고 극단적인 통제와 계율로서 자신의 삶을 다스리려고 한다.

이 경우에도 참된 위험은 회피하고 있지만, 그러면서도 그의 삶이 움직임을 지니고 있는 것으로 보인다.

세 번째로 보편적인 접근 방식은 타협책을 취하여 후퇴·안거安居해버리는—다른 사람들과 같은 행동 및 존재 양식을 취함—것이다. 이 방법에 따르면 연결감과 공동 참여 의식을 느낄 수 있다.

그러나 여전히 자신이 지닌 두려움이나 의혹과는 직면하지 않고 있다는 것이다.

강력한 집단 속에 몸을 담고 있는 십 대의 젊은이는 그가 믿는 꼭 같은 생각과 믿음을 가진 친구들과 뭉쳐서, 한편으로는 대단히 안전한 위치를 지키고 있지만, 기성 사회에 대해서는 커다란 반발을 야기하고 있는 것으로 보일 수도 있다.

이러한 젊은이들의 파벌은 그들이 생각하기에 좋지 않은, 그리고 그들과는 어울릴 수 없는 사람들을 거침없이 내뱉어버리고 배제함으로써 힘, 또는 능력을 소유한 것으로 느낀다.

사춘기의 젊은이들이 사용하는 언어, 특히 급격한 변화를 하는 그들 자신만의 은어隱語나 슬랭|속어| 등이 자신이 속해 있는 집단의 영역을 효과적으로 규명해 준다.

사춘기의 편견이란 기실 그들이 직면하지 않고 있는 죽음의 심상으로부터 야기된 여러 가지 형태의 불안과 초조감에 그 원인이 있는 것으로, 때로는 매우 잔혹하고 두려운 상처를 남기면서 오래도록 잊히지 않게 되기도 한다.

연속성에 대한 추구는 젊은이가 느끼는 압도적인 죽음의 불안을 어떻게든 보상해 보려는 필요에서 일어날 수도 있다.

이러한 불안에 대처하기 위해 사용되는 여러 가지의

기교는 정직한 것이라기보다는, 오히려 회피적인 경우가 많다.

그러나 또 한편으로는 이러한 추구가 대단히 긍정적일 수도 있어서, 탐구의 과정에서 젊은이는 자신의 마음에 적합한 세계와의 연관에서 실로 커다란 성실성으로 자신의 영역을 명확히 구분해 보려고 시도하게 된다.

이렇듯 방어적인 접근방법과 진정한 탐구의 접근방법이 매우 유사하여, 서로 명확하게 구분 짓기 어려운 것이 보통이다. 그러나 어떤 경우에는 보호와 자아의 확장, 두 시안이 동시에 진행하기도 하는 법이다.

지나친 지성주의知性主義라든가 중요한 사상들과의 진실한 교유, 금욕적 도피와 진정한 순수성과 순수성의 추구, 또는 무심한 타협주의에 대해 자신이 속할 만한 가치가 있는 다른 사람들을 찾아내려는 고통스러운 투쟁, 이러한 것들이야말로 자신을 한 인간으로서 또 개인으로서 정립시키고자 모색하는 동안 사춘기의 젊은이가 느끼는 긴장감들이다.

연속성과 의미라는 중요한 감각을 달성하려는 투쟁, 연결, 움직임, 그리고 삶의 완전무결함을 확인하기 위하여, 사춘기를 거치는 동안 점점 강렬하고 깊어지지만, 사춘기에서 끝나는 문제가 아니다.

사춘기의 젊은이가 성인으로서의 진정한 모습을 추구하여 마지않는 것과 같이, 성인의 삶 역시 자신의 인생이 결코 거쳐 오지 않았으며 무의미한 것이 아니라는 것을 느낄 필요로 가득하다.

그러나 사춘기에 있는 그의 아들이나 딸은 자신에게 활짝 열려있는, 모든 가능성을 한꺼번에 가지고 있다는 현란한 자유 때문에 오히려 비틀거리는 데 비해, 이미 중년에 접어든 부모는 자신들이 이미 선택하여, 그 대상과 이십여 년을 함께 살아온 바로, 옛 자신의 선정選定에 대해 집요하고도 지긋지긋한 회의를 느끼게 되기 일쑤이다.

너무나도 많은 것을 투자해 온 자녀들이 이제 멀지 않아 자신의 곁을 떠난다는 사실은, 곧 중요한 의미에서 원천과의 결별이 시작됨을 의미하는 것이다.

중년에 이르면 자신의 직업적인 선택과 경로가 좋든 나쁘든, 이젠 어쩔 수 없는 것으로 여겨지는 것이 보통이다.

그렇다면 인생이란 이즈음에 이르러서도 여전히 '움

직임'과 '완전성'이 있을까?

자녀들은 부모의 마음속에 지난날 부모들이 겪었던 젊은 날 투쟁의 추억을 새삼 일깨워준다.

성인들에게는 그들이 보냈던 십 대의 소년 시절이 긴장감으로 가득 찬 시기이긴 하지만, 상당한 자유가 있던 시절로서, 그리고 풍부한 선택의 여지를 안고 있던 시기로 기억되기 마련이다.

따라서 부모의 입장에서 자녀가 이같이 무한한 가능성의 시기, 교육이라든가 결혼, 인생을 어떻게 살 것인가 하는 문제에 대해 끝없는 결정을 내려야 하는 시점에 도달하는 것을 볼 때, 지난날 '스스로 가지 않았던 길'에 대한 후회감이 마음속 깊숙이에서 찔려옴을 느끼게 되는 것이다.

그래서 부모는 자신이 잃어버렸던 가능성을 보고, 자녀를 엄중하게, 그리고 집요하게 밀어붙이는 예가 많다.

이러한 끈질긴 자녀에 대한 관여로 부모가 거둘 수 있는 열매란 고작 자녀들에게 부모는 자식들의 완전성│여기서는 무한한 가능성을 포함 ; 역자주│에 대해서 아무런 관심도 없다는 확신을 안겨줄 뿐이다.

이러한 개인적인 의혹의 시기에 부모가 결코 듣고 싶

어 하지 않는 것은 사춘기 자녀들의 끝없는 비판의 소리
이다.

그러나 이러한 비판이야말로, 지금까지 우리가 보아
온 것처럼, 사춘기의 젊은이들이 그네들 나름의 이유로
꼭 주고 싶어 하는 삶의 현실이다.

마음껏 거리낌 없이 비판을 가하면서도, 한편 비판을
회피하려는 이러한 욕망 속에서 두 세대가 처하는, 각각
분리된 죽음의 심상과의 직면을 통해 두 세대는 서로 닮
아가게 되는 것이다.

오늘날과 같이 커다란 정신적 혼란을 안고 있는 시대
에는 두 세대가 지닌, 모든 문제가 더한층 긴박하고 어
려운 것으로 된다.

어떠한 제도나 기관도, 오늘날 충분히 받아들여질 만
큼 바람직한 것으로 보이지 않고, 또 여하한 형태의 일
이나 과업도 비판을 피할 수 없게 되었으며, 생활의 양
식도 완벽하게 정당화할 수는 없게 되었다.

이와 같은 상황에서 오늘날 성인이 된다는 것이, 과연
무엇을 의미하는지 어처구니가 없을 만큼 애매한 삶이
라 아니할 수 없다.

만약 성인이 된다는 목적이 어딘가에 정착하고 안주

하는 것을 의미한다면, 어떤 형태의 정착을 하게 되든 끊임없는 비판의 소리에 대한 감각도 없어져야만 할 것이다.

그러나 감각을 잃어버린다는 것은, 이미 그 자체가 젊은이들이 곧잘 꼬집는 바와 같이 죽음의 한 모습일 뿐이다.

그렇다면 성인으로서의 위치를 확보하는 데에는 반드시 부분적 죽음이 필요한가?

이에 대한 우리의 대답은 이러하다.

성인이 된다는 것은 정녕, 어떤 형태로든 선택적인 감각의 마비가 필요하다. 그러나 이러한 감각의 마비 상태가 반드시 성인으로서의 체험 그 자체의 특성이 될 필요는 없다.

사실 우리의 문화에서는 판에 박힌 성인에 대한 이미지에 도전하면서 감정에 대한 활발한 개방뿐 아니라, 젊은이들에 의해 곧잘 표현되는 자조와 불합리성에 초점을 두는 여러 가지 실험들이 광범위하게 실시되고 있다.

중년기에 이르러 인생의 분수령에 처하게 되면, 삶이란 것이 저 먼 궁극에 있어서 결코 한계가 없지 않다는 것을 깨닫게 된다. 죽음의 경계선이 탄생에 따른 한쪽

끝의 경계선보다 갑작스럽게 가까워지는 것이다.

이제 우리는 삶의 한중간에 서 있다. 물론 사람은 모두 죽는다는 사실을 언제나 알고 있긴 하지만, 이제는 이러한 앎이 압도적이고 위력적인 개개인의 현실로 화하게 되는 것이다.

자신의 생명이 느닷없이 한정되고 종국을 맞이해야 한다는 느낌이 든다. 모든 일을 완성할 수는 없다는 것도 분명해진다. 한 개인의 모든 계획을 위한 충분한 시간이란 절대 없는 법이다.

인간의 삶은 유한할 뿐만 아니라 불완전한 것이기도 하다는 불안은, 언제나 때 이른 죽음이란 상념에 수반하는 공포에 불을 댕기게 한다.

어떤 사람들에게는 이러한 불안이 여러 가지 형태의 부정적인 결과를 초래한다.

사회적인 위치에서의 사퇴와 절망감으로 하여, 때로는 도저히 고칠 수 없는 잘못을 저지르게 된다든가, 또는 인생을 보다 더 즐겁고 유희적으로 살아가는 히피족이나 건달들에게 지독한 비난을 퍼붓는 자기만족에 빠지기도 한다.

그런가 하면, 또 다른 부류의 사람들에게는 중년기가

새로운 에너지의 탄생을 가져오고, 더 참신한 노력과 체험으로의 길을 열어준다.

분명한 것은 창조성이라든가 활기가 전적으로 사춘기 젊은이들의 전유물은 아니라는 사실이다.

그렇기는 하나 정신분석학자 엘리어트 자크Elliot Jacques가 주장한 바와 같이 창조적 에너지란 사람의 나이 사십 고개에 이르면, 뭔가 다른 모습으로 나타나게 되는 것이다.

자크는 실례로서 중년기를 전후하여 업적이나 기타 여러 가지 면에서 급격한 변화를 보였던 많은 미술가, 또는 음악가들을 그 예로 가려내고 있다.

인생의 이러한 단계에까지 이른 예술가들은 작업에서 훨씬 느리고 신중해지며 보다 고통스러운 것으로 나타났다.

자크가 'Sculpted|희귀 용어로서 원뜻은 '조각이 된'으로 풀이되나, 여기서는 침식을 당하고, 무엇인가 깎여나간 상태를 의미 ; 역자주|'라는 말로 불렀던 특별한 자질, 초기에 이룩했던 작품보다 강렬하고 즉각적이며 손쉬운 특성에 반대된 양상과 면모를 띠게 된다.

이와 같은 변화는 중년에 이르면서 겪게 되는 보다 예

민한 숙명의 감지感知, 그리고 인생의 유한성 통감에 기인하지 않았을까 추측된다.

성인들 역시 움직임과 실험을 요하는 것으로 이 사실을 솔직히 인정할 수 없거나 인정하려 들지 않게 되면 성인으로서의 인생은 커다란 제약에 부딪히게 된다.

바로 이와 같은 개인적인 인격상의 제약이 현실적인 여러 가지 도전에 직면했을 때, 지극한 불안이 야기될 것을 꺼려서 회피해버리려는 모습인 것이다.

그러나 한편으로는 성인이 가져야 할 책임과 과업의 무거운 짐이 곧, 인생의 이 시기에 일어나는 극적인 변화는 훨씬 어렵고 두려운 것임을 의미한다는 사실 역시 진실이다.

이 단계에서 새로운 무엇인가를 시도함으로써 성취할 수 있는 불확실한 성공은 자신이 끝내 지키고 싶은, 지금까지의 안전하고 잘 알려진 패턴과 성취에 대해 균형과 조정을 이루지 않으면 안 된다.

오늘날 우리 인류가 속한 들뜨고 불안한 문화에서 그래도 가장 다행스러운 한 가지 추이는, 아마도 보다 더 많은 성인이 죽음과 같은 막다른 골목에 봉착했다고 스스로 느끼게 될 때 사상이라든가 직무, 또는 기타 생활의 모든 양식에 변화를 시도하고 있다는 사실일 것이다.

참으로 아이러니한 이야기겠지만, 일단의 사람들에게 인생의 변천에 대한 불안을 증대시키고 있는 현재의 혼란하고 개방적인 역사적 상황이, 다른 일단의 사람들에게는 시도와 실험을 가능하게 해 주고 있다.

오늘날의 시대가 갖는 각별한 특징으로서 급속한 변화와 가정과 직장, 그리고 교회 등의 사회적 제도에 대한 불신감이 팽배하고 있는 터에 개인적인 추구는, 오히려 더 큰 가능성을 지니게 되었고, 또 한편은 더욱 큰 문제로 등장하게 되었다.

그러나 중년에 관한 문제를 다루게 되면 삶의 연속성을 느낄 필요가 더욱 강렬해지는 것은 어쩔 수 없다.

중년기에는 가족적인 유대, 직무의 수행, 그리고 자연이나 예술의 체험, 또는 지속적이고도 의미 있는 삶의 상징을 희구하여 종교의 위안 등을 추구하여 마지않는 것이다.

이렇듯 삶의 순환 곡선에서 최후에 다가오는 고비는 노년이다.

이제 죽음은 가까이에서 기다리고 노년에 이를수록 풍부한 시간, 대체로 시간이 너무나 많아서 남아돈다.

시간을 가지고서 지금까지 살아온 날들의 의미를 생각하게 된다.

비록 인생의 기본적인 윤곽은 정립되었다고 할지라도 연속성을 추구하는 투쟁은 여전히 현실적이다.

노인들이 추억에 젖는 경향은 그들의 인생이 완전성과 움직임, 그리고 연결성을 함축하고 있었다는 사실, 오늘날은 정신과 의사들이 '인생의 재음미再吟味'라고 부르는 한 요법에서 공식화하고 있는 패턴을 거듭 확인하고 싶어 하는 필요성을 여실히 반영하는 것이다.

나이 든 사람들의 지혜란, 오늘날 사회와 같이 청년 중심의 문화에서는 큰 역할을 하지 못한다.

아시아의 전통적인 사회에서 보는 바와 같은 조상 숭배는 고사하고, 미국과 같은 나라의 시민들은 노인들을 도외시하고, 소위 연장 시민年長市民들이 그들의 만년晩年을 보낼 수 있는 별도의 가정(?)을 만들고 있다.

겉치레만 훌륭한 이런 미사여구들이 우리의 무시를 그대로 반영하는 것이다.

오늘날의 문화가 연출하는 노년과 죽음의 회피를 가장 고통스럽게 체험하는 이들이, 바로 노인 자신들이다.

두 세대는 서로를 필요로 한다. 노년기의 사람들은 젊

은이들과 함께할 지혜도 있고 쾌활함도 유희에 대한 기
호도 가지고 있다.

노년의 많은 사람들이 여전히 성적인 사랑에 큰 흥미
를 느끼고 있다는 사실이ㅣ최근 매스컴들이 조사해 밝혀낸
발견이다ㅣ 풍부한 인간적 교신交信을 위한 잠재력을 단
적으로 입증하는 것이라 아니할 수 없다.

아버지나 어머니에게는 말을 건네기조차 불가능하다
고 생각하는 사춘기의 많은 젊은이가, 오히려 할아버지
나 할머니에게서 훨씬 융통성이 있는 태도를 발견하곤
한다.

사회가 관례적이고 인습적인 것으로 간주하는 현실을
딛고 다시 투자할 여지가 별로 없는 노년으로서, 한층
더 자유로운 기분으로 새로운 사상에 귀 기울이고, 또
참신한 일을 모색할 기회를 찾는다는 것은 놀라울 만큼
현명한 삶이다.

노년을 살아가는 이들에게도 논다ㅣ활동이라는 여지와
함께 재미라는 의미에서ㅣ는 것이 있을 수 있지만, 이것은
오직 존경받으며 끊임없이 발전해 가는 공동 사회의 한
부분으로 여겨질 때만 가능한 일이다.

만약 인생이라는 흐름에서 나이가 의미 있는 위치를

차지할 수 없다면, 죽음은 노령의 사람들에게 너무 때 이른 것으로 보일지도 모른다.

노년 인생도 젊은 날과 마찬가지로 분리와 정지, 그리고 분해와 같은 부정적인 죽음의 심상으로 인해 죽음에 대한 공포가 한층 고조된다.

죽음을 앞둔 사람으로서 마음의 고요를 지킬 수 있는가, 없는가 하는 것은 상징적인 의미에서 자신의 생명이 지속될 것이라는 느낌에 달린 문제이다.

3
불멸

타오르는 생명

삶이란
그저 이해하는 것
삶에 용기를 가지고 사는 것
그것으로부터 숨지 않는 것
그것에 정면으로 도전하는 것
삶이 무엇이든
좋건 나쁘건
성스럽건 악마 같건
천국이건 지옥이건 간에
그저 이해하면 된다.
삶을 선택하지 말라.
고요히 흘려보내라.
그럴 때 삶은 신성하다.

3
불멸

타오르는 생명

바로, 그대 자신은
그대의 시대를 살지 못한 사람들의
체현體現된 영속성이며
그대 아닌, 다른 사람들은
오늘, 그리고 내일
이 지상에 남아있을 불멸의 존재이다.

때때로 웃음을 위한 시간이 있는가 하면
울음을 위한 시간도 있을 것이다.
희망의 시간, 절망의 시간, 평화의 시간

그리움의 시간이 반복되는 생명의 곡선 속에
성장을 위한 시절이 있고
죽음을 위한 시절이 있으므로
정적에 묻힌 밤과
노래 부르는 한낮이 열리고 닫히는 시간이다.

하지만, 이 모든 것은
두 눈에 비친 삶의 모습을 넘어서서
처음도 끝도 없는 무한한 존재다.

불멸이라는 개념이야말로 심오한 인간의 문제, 또는 현실적인 관점에서 두 가지의 인간적 난제에 대한 해답일 것이다.

첫 번째의 문제는 '사후 인간에게는 무슨 일이 일어나는 것인가?' 하는 것이고, 두 번째는 '죽음이라는 필연성 앞에서 어떻게 하면 불안에 휩싸이지 않고 살아갈 수 있는가?' 하는 문제이다.

이 두 문제의 뒷배경에는 영원히 살고 싶은 인간의 염원이 자리 잡고 있다.

어떻게 보면 일체 인간의 역사도 인간 불멸에 관한 문제에 대해 가지각색의 해답을 추구해 온 인간의 기록으로도 볼 수 있을 것 같다.

종교가 이루어지고 제국이 창건되었으며, 많은 전쟁을 겪어왔다. 숫자를 헤아릴 수 없이 많은 사람이 영원한 삶으로 향한 노정에서 서로 상충相衝하는 이해와 신념 때문에 죽음을 맞이해야 했다.

과연 불멸이라는 것이 무엇을 의미하는 것인가 하는 논쟁과 함께 불멸에 관한 지대한 관심이, 오늘 이 순간까지도 끊임없이 지속되어 오고 있다.

프로이트는 삶의 목적이 곧 죽음이라고 말했다. 프로이트는 이 말 속에 적어도 두 가지의 명확한 개념을 내포하고 있다고 말한다.

첫 번째 개념이 의미하는 것은 죽음의 본능을 비활동 상태로 복귀하려는 천부적 성향으로 본다는 점이다.

본능이란 삶을 보존하려고 하는, 어떤 특정한 형태의 행위를 유발하는 에너지의 양태이다. 따라서 죽음으로 향하는 본능이라는 개념은 그 용어상 절대적으로 모순이 아닐 수 없다.

어쨌든 간에 우리가 지금까지 논해 온 바처럼 프로이트가 말하는 죽음의 본능이란 개념은 중요한 진실의 한 요소를 내포하고 있다. 그것은 죽음이란 심리적 정신적으로 삶의 시작과 함께 존재한다는 사실이다.

앞 장에서 설명한 바와 같이 우리는 죽음의 심리적 의미에 관한 한 프로이트의 통찰을 그대로 적용하고 싶다. 그러나 심리적 측면의 삶에 대한 이러한 죽음의 영향은 프로이트가 말하는 죽음의 본능보다는 정신적인 활동에서의 상징화가 갖는 중요성에 기인한다고 믿는다.

소위 체험이라는 것은, 우리의 마음이 우리가 감득하는 것에 형식을 부여할 수 있는 범위 안에서만 성립될 수 있다는 것이다.

바로 이와 같은 형식이 감각기관에 의한 정보의 골격을 이루고 조정을 가하게 된다. '본다는 것'과 '안다는 것[인지認知]'은 그 결과 매우 밀접한 관련을 맺고 있는 것으로, 내적인 정신 구조가 의미를 창출하고 인지를 가능하게 한다.

인간의 마음속에 자리 잡은 내적 형식들은 아주 선명하고 구별이 뚜렷한 예도 있고, 때로는 애매하고 흐릿한 이미지나 심볼[상징]을 말한다.

이러한 내적 심상이나 심볼의 가장 일반적인 형태의 정신적 조직은 연결과 분리, 움직임과 정지, 그리고 안전성과 분해 등의 양극성을 둘러싸고 일어나게 된다.

분리, 정지, 그리고 분해의 극단적인 형태가 곧 죽음으로의 요소와 관련을 맺고 있는 심상은 심리학적 견지에서 볼 때, 대단히 위력적이다.

프로이트가 말하는 죽음의 본능이라는 개념이 갖고 있는 두 번째 중요한 내의內意는 '모든 유기체는 그 나름의 방식으로 죽어가려고 한다'는 것이다.

이러한 관점에서 최근 정신분석학 조사자들이 '적절한' 죽음이란 말을 하고 있는데, 이 '적절한'이라는 말은 온전한 인생을 살아온 지혜로 완결의 단계에 이르렀기에 죽음을 맞이할 준비가 되어 있음을 의미한다.

그러나 이러한 느낌은 절망감, 더 이상 삶을 지속할 충분한 목적이 없다는 느낌과 불가분의 연관을 맺고 있는 경우도 드물지 않다.

이와 같은 문제들은 주로 문학이나 철학 또는 신학神學—과학의 영역을 벗어난 분야들—에서 다루어져 왔다.

아주 최근에 이르러서야 심리학자들이 이러한 문제에 주의를 기울이게 된 것으로, 종래 과학 세계의 관점은 대체로 궁극적인 가치에 관한 문제에 대처하기보다는 삶의 방법 내지는 수단에 관한 모든 문제에 한정되어 있었다.

인간 생활의 목적과 인간 생활을 넘어선 사후 세계에 관한 문제, 이러한 것들은 과학의 입장에서 적당한 관심의 대상이 아닌 것으로 간주해 왔다.

과학이란, 우리 인간 사회에서 지대한 영향력을 가지고 있어 가치에 관한 문제를 과학자들이 회피하는 태도는, 인간의 문화와 삶의 영위에 심각한 영향을 미칠 수밖에 없다.

이러한 의미에서 심리학은 부분적으로는 과학의 전통이 갖는 범주 안에 머물러 있었고, 또 다른 한편으로는 과학적 입장의 범주 바깥에 있기도 했다.

학문적 심리학자들 대부분의 관심은 대체로 윤리적인 모든 목표에 관한 문제, 예컨대 인간이 반드시 알아야 할 것이 무엇인가와 같은 문제보다는, 오히려 심리학적인 메커니즘, 인간은 어떻게 배우고 알게 되는가와 같은 문제에 기울어져 있었던 것이, 지금까지의 상황이었다.

바로 이 점에서 프로이트는 커다란 반기를 들었다고 생각된다. 왜냐하면 그는 심리학적인 참담한 불행을 어떻게든 제거하려는 데에 관심을 두었기 때문이다.

이러한 목적을 달성하기 위해서는 누구나 현실을 받

아들일 수 있도록 교육받아야만 한다는 것이 프로이트의 학문적 믿음이었다. 또 한편, 심리학의 모든 연구로 밝혀진 과학적 진리는 인간의 정신적 환상을 타파하게 될 것으로 확신하고 있었다.

프로이트의 견해에 따르면 인간의 모든 환상 중에서도 가장 으뜸 가는 것은 종교라고 했다.

종교가 줄 수 있는 정신적 위안이라는 것은, 아직 부모에게 의존해야 하는 어린아이의 심리를 완전히 벗어나지 못한 사람들이 찾는 잘못된 생각이라고 보는 견해이다.

프로이트에 의하면, ‘성숙한 인간’이란 인생의 어렵고 힘든 여러 현실, 그리고 죽음까지도 정정당당하게 마주치는, 결코 헛되고 그릇된 희망을 모색하지 않는 태도에 있다고 한다.

프로이트는 인간 문명이 지닌 그릇된 희망 중에서도 불멸에 관한 생각을 가장 위험한 것으로 보았다.

그는 이 불멸이라는 환상이 인간은 죽지 않는 존재라고 생각하고 싶은 가상에 집착하기 때문에 생겨나는 것으로, 도저히 받아들이기가 어려운 죽음이라는 실재를 보상해 주는 데 기여하고 있다고 말한다.

인간의 문명이 그 희망을 한낱 환상—죽음이 결코 전부가 아니며, 최종적인 것이 아니라는 환상—에다 걸고 있는 동안, 결국 인간 문명의 유일하고 참된 희망은 침식당하는 것이다. 그 유일한 희망이란, 곧 진리에 대한 합리적 추구이다.

프로이트가 만년의 저서에서 종교를 한낱 환상에 불과한 것이라고 공격했을 때, 그가 초기에 성性의 중요성을 강조했을 때만큼이나 거대한 논쟁과 멸시에 찬 눈길을 불러 모았다.

프로이트는 죽음이 최종적인 것이며, 유기체의 완전한 소멸을 의미하는 것이라고 주장했다.

영혼 불멸을 가르치고 믿는 주의主義들은 죽음의 최종성에 대한 유아 심리적 거부반응에서 유래한 것으로 믿었다.

1900년대 초, 원래 프로이트의 한 추종자였던 칼 융 Carl Jung은, 전혀 다른 방향에서 심리학적 연구를 시작했다.

융은 전 세계의 종교와 신화를 광범위하게 조사하였고, 그 결과 세계 모든 지역의 신화들이 시대를 불문하고 사후의 생명에 대한 믿음을 내포하고 있다는 사실을 발견하고서 커다란 인상을 받았다고 한다.

이러한 오랜 신화의 역사가 심리학이 미처 알지 못하던 인간 심리의 본성에 대하여 깊은 진리를 드러내 보여 줄 것이라고 융은 느꼈다.

이러한 진리를 융은 원형原型이라고 불렀는바, 이것은 곧 그가 가장 깊은 무의식의 심층에서부터 우러나오는 것으로 믿었던 만인 보편의 정신적 심상을 가리킨다.

융에 의하면 비교적 최근에 이르러 인류가 옹졸한 물질 중심의 과학에 주의를 집중시키고 있는 것이 꿈이라든가, 신화에서 현시顯示되고 있는 깊고 결정적인, 어떤 진리들을 잃어버리게 하는 결과를 초래할 수 있다고 주장한다.

그리고 이와 같은 만인 보편의 원형적 진리를 무시한다는 것은, 곧 인간의 정신적 삶의 파멸을 초래할 것이라고 했다.

융은 원형적 진리의 화음和音 속에 살고 있는 원시인들의 정신적 활력을 묘사한다. 그와 동시에 신화에 대한 믿음이 죽음에 가까운 사람들에게 불러다 주는 매우 유익한 효과도 세심히 깊게 관찰하였다.

인간의 의식적 사고思考가 신화에서 드러나 보인 것

과 같은 깊은 무의식 세계의 진리와 조화를 이루고 있을 때는, 이미 죽음에 대한 공포도 그다지 위력적이 못 된다고 융은 말한다.

이와 같은 조화 속에서라면 인생은 끝나는 순간까지도 한껏 충만하게 살 수 있는 게 될 것이라는 주장이다.

따라서 융은 프로이트와는 정반대로 종교적인 가르침에 대한 믿음을 권장하였다. 그러한 믿음은 융 자신의 말을 빌자면 위생적—건강한 삶을 위해 필요한—인 것으로 생각한 것이다.

융은 이렇게 서술하고 있다.

내 생각으로는 다음 두 주일 이내에 곧 내 머리 위로 무너져 덮칠 것만 같은 낡은 집에 살고 있다면, 아마도 내 생명으로서의 모든 기능은 불안한 생각 때문에 큰 저해를 받을 것이다.

그러나 만약, 그 반대로 내가 아주 안전하다고 느낄 수 있다면, 이런 불안한 집에서라도 정상적이고 편안한 마음으로 거주할 수 있을 것이다.

융은 인간 정신의 무의식적인 부분이야말로 시간을

초월한, 어떤 특질을 지니고 있으며 영원한 삶[영생永生]의 믿음은, 바로 이 무의식의 시간적 초월성과 합치된다고 확신했다.

그의 견해로는 인간이 온전한 심리적 건강을 이루기 위해서는 자신의 무의식 세계와 일상생활 중에서 되도록 잦은 접촉을 할 수 있어야 한다고 말한다.

그의 사후에 출판된 자서전에 융은 다음과 같이 썼다.

만약, 우리가 현세의 지상 생활에서 이미 무한과의 연결을 스스로 지니고 있음을 이해하고 느끼기만 한다면, 우리 인간의 욕망과 태도는 일변할 것이다.

우리는 프로이트와 융 모두에게서 중요한 미지의 어떤 사실을 배울 수가 있다.

그러나 필자의 견해로는 양자가 전적으로 만족할 만한 견해를 피력하고 있다고는 보이지 않는다.

프로이트는 죽음에 관해서, 어떤 것이 생물학적인 진리인가에 중점을 두었고, 그 결과 죽음은 유기체의 완전한 파괴로 드러났다.

프로이트 역시 인간에게는 자기 망상에 관한 한 위대

한 능력이 있음을 분명히 알고 있었다.

그가 죽음을 정당하게 마주 대하는 것이 삶의 활력을 고양할 수 있다는 것을 알고 있었는지는 모르나, 불멸의 영상이 갖는 상징적 의미는 미처 파악하지 못했던 듯하다.

이 점에서 프로이트는 개개의 인간에게 인간으로서의 수명을 초월한 연결의 심상에 대한 필요성을 너무 과소평가했다.

이러한 필요성은 그 자체가 결코 망상妄想이 아니며, 또 반드시 망상이나 기만을 초래하는 것도 아니다.

프로이트는 너무 심리적 움직임이라는 개념에 묶여 있었던 것으로, 우리가 생각하기에는 끊임없이 여러 가지 형태의 심상과 내적 형식을 창조, 재창조하려고 하는 인간 특유의 성향을 올바르게 인식하지 못한 것 같다.

여기서 우리가 상징화象徵化라고 표현하는 것은, 어떤 특정한 상징을 창조해 내는 것으로서가 아니고, 하나의 과정으로서 이야기하는 것이다.

즉, 위에서 언급한 전반적인 성향을 위요圍繞|둘러쌈|하는 심리 형성적 과정을 가리키는 것으로, 그 과정의 복잡다단함이란, 너무나 깊은 것이어서 성적 본능이라

든가, 죽음의 본능에 대한 개념 따위로 간단히 줄여서 말할 수 없다.

이렇게 되면, 이제 중요한 문제는 상징화라는 것이, 언제 그리고 어떻게 활기차고 충만한 삶을 누릴 수 있을 만큼 풍요로워질 수 있는가 하는 점이 될 것이다.

바로 이 점에서 융은 크게 기여하였다.

그는 종교적인 영상을 매우 중대하게 다루었고, 인간의 의미에 대한 추구에 있어 종교적 영상의 중요성을 깊이 인식하고, 그것을 표출해 보려는 노력을 기울인 것이다.

융이 취한 견지에서의 문제점이라면, 그가 불멸을 중심으로 한 상징화에 대한 인간의 필요성과 실제적인 문자 그대로의 내세|來世 : 죽은 뒤에 다시 태어나 산다는 미래의 세상|를 언제나 분명하게 구분 짓지 못하고 있다는 점이다.

융의 견해, 즉 종교적인 상징을 단순한 망상으로 간주하는 프로이트의 주장에 반해서 과학적 전통은 그와 같은 심볼[상징] 요소를 결여하고 있다는 생각에 우리 역시 동의한다.

그러나 상징적 의미와 실제적인 표상을 엄밀히 구분

하지 않는 융의 입장은 종교와 과학 모두를 저해하고 왜곡하는 것으로 믿어도 될 듯하다.

17세기에 프랑스의 철학자 블레어 파스칼Blaise Pascal은 소위 도박사|wager : 믿음의 여부를 두고 도박과 비유 ; 역자주|라는 용어를 내세웠다.

만약 내세來世가 실제로는 없고, 그리고 그것을 믿지도 않았다면, 아무것도 잃은 것이 없다.

그러나 만약 진실로 내세와 같은 것이 존재하고, 인간이 믿음이 없었던 까닭으로 그 세계에 들어가는 것을 허락받을 수 없다면, 그땐 모든 것을 잃게 된다.

따라서 믿음에 의해서 모든 것을 얻을 수도 있고, 반대로 잃을 여지는 전혀 없으므로, 인간은 당연히 도박사의 위치에서 사후死後의 삶을 믿는 쪽에 주사위를 던져야 할 것이다.

이러한 것이 파스칼의 도박사 이론의 요지인데, 융의 입장은 파스칼의 그것과 다소 유사한 점이 없지 않다.

더구나 융 이론의 상징이라는 것은 고정된 성질의 그것으로서 융이 말하는바 '원형적 상징'과 지속적인 역사의 흐름 사이에서 연결성을 찾기란 매우 어렵다.

상징적 불멸에 관한 필자의 견해는 프로이트와 융 양 자로부터 도출된 것으로, 우리는 죽음의 최종성最終性을 강조하는 한편, 개개 인간으로의 삶을 넘어서서 역사적 연결성을 감득感得할 수 있어야 하는 인간적 필요성 역 시 강조하고자 한다.

우리는 두 번째 장章에서 체험에 의미를 부여해 줄 수 있는 적절한 개념이나 심상, 또는 상징을 개발해야 할 필요에 관해 이야기했다.

중요한 의미로 가득 찬 심상을 창조해 내는 이러한 심 리학적 과정이 바로, 지금 우리가 '상징적 불멸'이라고 부르는 내용의 핵심이다.

상징적 불멸이라는 의미는 한 인간에게 있어서 자신 이 존재하기 전에 있었던 사물 일체와 그 이후에 찾아오 는 사물 일체에 대한 연관관계를 나타내는 것으로 이해 할 수 있을 것이다.

이러한 연관성은 여러 종류의 상징화로 표현되고, 죽 음이라는 실재를 부정하지 않고 끝없이 계속되는 삶의 대열에 참여할 수 있도록 해 준다.

자아를 초월한 목적과 원리에 대한 끊임없는 애착이

없다면, 지금까지 우리가 논의해 온 형성 과정은 마음의 안식을 느낄 수 있는 능력은 지속될 수 없다.

사람들이 이러한 문화적 프로젝트와 표현 양식에 깊은 신뢰를 할 수 있을 때, 비로소 인간의 흐름, 인간의 생물적·역사적 흐름에 애착을 느낄 수 있는 법이다.

이 같은 경우에 적극적이고 활기찬 삶을 지속해 나갈 수 있는 불멸의 의식을 느끼게 되는 것이다.

이와 같은 불멸성의 느낌은 다섯 가지의 양식 또는 범주로 표현된다.

즉 생물학적 불멸성, 창조적 불멸성, 신학적 불멸성, 자연적 불멸성, 그리고 체험적 불멸성이 그것이다.

첫 번째의 생물학적 불멸성이 가장 애매모호한 양식인 것 같다. 생물학적 불멸성이란, 자녀를 통해서도 그 자녀의 아들딸과 손자 손녀를 거치면서 끊임없는 순환 속에서 인간의 삶이 지속되는 것을 의미한다.

세대에서 세대로 전달되는 영속성이란 의미 외에도 이 양식은 부모와 자식의 수직 관계를 거쳐 가는 동안의 생식 세포를 상징하기도 한다.

생물학적 불멸성의 양식은 동부 아시아 특히, 한국과 일본, 중국 등지에서 중요성을 띠고 있다. 이러한 지역에서는 후손을 갖지 못한다는 것은, 곧 조상에 대한 공경의 도리를 못 하고 있다는 것을 의미한다.

그런가 하면 혈통과 성性을 흠 없이 보존해 나가려는 소망은 세계의 여하한 문화권에서도 중요하게 여겨지고 있다.

후손에게 유산의 전수가 확실히 이행될 수 있도록 유언장을 쓰는 행위도, 곧 이와 같은 후손의 보존에 대한 깊은 관심을 반영을 의미하는 것이다.

이 양식은 순전히 생물학적인 것만은 절대 아니다. 정서적으로 체험하는 것이고, 또 상징적인 의미도 지니고 있으며, 자신의 생물학적인 가족의 범위를 초월하여 부족이나 단체, 민족이나 국민, 또는 인류 전체를 포괄하기까지 한다.

이와 마찬가지로 생물학적 영속성이라는 것도, 각각의 세대가 그 전통을 다음 세대로 물려줌에 따라 문화의 영속성과 서로 융합하게 되는 법이다.

가족의 연속과 다른 중요한 사회단체들과의 관계를 통해 일종의 '생물 사회학적 불멸'에 대해서도 이야기할 수 있겠다.

역사적으로 보아 이 양식은 복합적인 축복이었던 것

같다. 개인과 이웃한 가족[민족]을 초월하여, 다른 민족들과의 협동을 촉진해 주었는가 하면, 쇼비니즘[chauvinism : 광신적인 애국주의]을 통해 이민족이라고 간주하는 다른 종족을 무참히 학살하려고 기도하게도 된 것이다.

그럼에도 전 세계의 많은 민족들 사이에서는 전 인류를 공동 운명을 지닌 단일 종족으로 보는 경향도 짙게 떠올랐다.

불행하게도 이렇게 싹 터오는 인식이 이념적 민족주의적 반목이나 갈등을 억제하기는 좀처럼 어려웠다.

두 번째의 양식은 인간의 행위에 관한 것으로 창조적인 양식으로 불린다.

이 양식에서는 가르침이나 예술적 행위, 수선이나 건축, 또는 글을 쓴다든가 병든 사람을 치료하는 일, 유용한 물건을 발명하는 등의 행위를 통해서, 또는 다른 인간들에 대해 여하한 종류의 것이든 지속적인 영향을 인간이 자아를 초월하여 보다 넓은 인간적 흐름 속에 참여할 수 있다고 느끼게 되는 영향을 통해서 불멸을 느끼게 되는 것이다.

자손만대까지 물려줄 수 있는 성격을 지닌 과학이라

든가, 예술과 같은 분야의 직업에서는 흔히 자신이 하는 일을 역사적 근원과 자신의 공헌이 지속될 것임을 잘 알고 있다.

의학이나 교육과 같이 서비스 직업인 경우, 환자들 또는 학생들에게 미치는 직접적인 영향이 보다 멀리 떨어져 있고 보지도 알지도 못하는 사람들에게까지 전파될 것이라는 확신이다.

그리고 자신의 치료나 가르침의 노력이 성공하지 못할 것이라고 느껴질 때, 자신의 노력은 여하한 종류의 지속적인 영향을 줄 수 없을 것이라는 생각과 함께 심각한 절망감에 빠지게도 된다.

이와 같은 절망감, 바로 오래도록 남겨질 어떤 영향, 곧 자신의 발자취를 남기고 싶어 하는 인간의 깊은 욕구를 나타내는 것이다.

보통 자기의 일이 순조롭게 진행되고 있을 때는 그 일이 갖는 불멸의 효과에 의식적인 관심을 기울이는 예가 드물다.

그러나 자신이 기울인 창조적 노력의 산물이 자아라는 감각을 충분히 구현해 줄 수 없다고 여겨질 때는, 자신의 인생과 일이 지닌 가치와 의미에 대한 의문, 지금까지는 의식하지 못한 것이 의식적인 관심사가 되기 시작하는 법이다.

기독교적 전통에서는 일과 업적을 명확하게 나눈다.

여기서 말하는 일이란 세속적인, 일하는 사람 자신이나 그의 공동 사회에 쇄신을 불러일으킬 수 있는 노력과 애씀을 가리킨다.

그에 반하여 업적은 더 큰 공동 사회에 지속적인 가치를 부여해 주는 공헌을 뜻하며, 이러한 공헌은 부분적으로는 개인의 천직天職을 통해 이루어진다.

어떤 천직을 택하여 일한다는 것은, 원래는 자신이 특정한 종류의 일을 하도록 부름을 받았다는 느낌에 의존하고 있는 것으로, 천직이라는 말 자체가 단순한 직업 이상의 무엇을 의미한다.

그것은 개인이 자기의 일 속에서 자아를 초월한 과업을 절실히 느끼고 있음을 함축하는 것이다.

어떤 의식 수준에서 이러한 행위는 한 개인의 삶이 지닌 가치 있는 요소들을, 다른 사람들의 인생에까지 지속적으로 연장 확대하는 것으로 감지된다.

기독교 이외의 종교들에서도 갈마|羯磨 : 카아머. 불교를 중심으로 한 인도 철학의 핵심적인 용어로서 업業, 인과응

보, 숙명, 인연 등의 의미를 지닌 산스크리트어 ; 역자주|, 예배, 종무|宗務 : duty. 종교적 사명 또는 직무| 등과 같은 교의敎義를 통하여 유사한 생각들을 나타내고 있다.

세 번째로 신학적 불멸의 양식은 불멸이라는 말이 가장 즉각적으로 암시하는 뜻을 말한다.

그것도 그럴 것이 역사적으로 보아 인간이 죽음을 극복하고 영원한 삶을 누리고자 하는 열망을 가장 의식적으로 표현한 것은 종교와 종교적 제도를 통해서였다.

여러 가지 서로 다른 종교가 각각 다른 방법으로 불멸에 대한 확신을 불어넣어 주려고 애써 왔다.

그러나 적어도 죽음과 마주 대하고 있는 삶의 의미라는 문제에 서만큼은, 모든 종교의 전통에 공통된 관심이 나타난다.

인간의 삶은 결국, 영원히 무의미한 것이라는 가정에 바탕을 둔 종교는 하나도 없다.

부처도, 모세도, 그리고 그리스도와 마호메트도 여러 형태의 도덕적 성취와 계시戒示의 결합을 통하여 개인적인 죽음을 초극超克하였고, 뒷사람들이 그들을 따라 같은 성취를 할 수 있도록 가르침을 남겼다.

종교적 불멸의 영상에 있어서 위험한 요소가 있다면, 그것은 곧 그들의 상징적인 성격을 쉽사리 잃어버리고, 인간은 정말 죽지 않는다는 주장을 되풀이하게 되기 쉽다는 점에 있다.

지금까지 수백 년에 걸쳐 위대한 종교적 스승들은 제도화되어 버린 종교를 가리켜 정통적인 정신적 성취에 지대한 장애를 가져온다고 비난해 왔다.

천국과 지옥이라든가 재생, 또는 육체의 부활과 같은 영상들이 마치 자연에 대한 과학적 관찰과도 같은 의미에서 이해되는 경우가 허다하였다.

이리하여 '불멸의 영혼'—죽음에서 탈피하게 되는 인간의 한 부분—이란 개념은, 프로이트가 보기에는, 종교를 통하여 망상에 빠지는 인간의 능력에 대한 가장 특징적인 본보기였다.

우리는 프로이트가 죽음을 부정하는 경문經文 그대로를 실제화한 교의에 반대하여 공격을 퍼부었던 것은 정당한 행위였던 것으로 믿는다.

그러나 프로이트는 사후의 생명, 또는 죽음을 초월한 삶이라는 종교적 상징이 축복으로 가득 찬 천국에서 평온하게 살고 있는 천사들이나, 지옥 불 속에서 영원히 고통에 몸부림치게 될 저주받은 영혼과 같은 문자 그대로의 영상이 아닌, 다른 어떤 것을 의미할 수도 있다는 점은 미처 이해하지 못한 것이다.

불멸의 영상은 인간의 현세 지상 생활 중에서 여러 차례에 걸쳐 일어날 수도 있는 정신적인 죽음과 재탄생|중생重生 : 거듭남|의 체험과도 관련을 맺고 있다고 본다.

이러한 의미에서의 정신적 재탄생이란 속되고 저급한 존재로서는 죽음을 뜻하며, 더욱 강렬하고 깊은 의미를 지닌 차원에서 참신한 삶을 맞이한다는 것으로 깊고도 새로운 소망을 불러일으키는 체험이다.

유대인의 종교에서는 이와 같은 재탄생을 국민이나 국가 전체에 일어나는 것이라 강조하고 있다.

이에 대해 기독교에서는 좀 더 개인적인 정신적 성취와 구원에 그 초점을 두고 있다.

재탄생의 심상은 유대교와 기독교에서뿐만 아니라, 힌두교와 불교에서도 찾아볼 수 있다. 그리고 이러한 심상이 있는 곳에서는 그것이 실제로 존재하는 문자 그대로 인식될 위험이 도사리고 있다.

그러나 이러한 모든 전통에 있어 중심적인 것, 그리고 우리 자신의 심리 형성적 관점의 입장과 더 조화를 이루고 있는 것은 영원한 원리들과 인간을 연결해 주는 정신적 성취를 통하여 죽음을 초극한다는 개념이다.

따라서 신의 은총을 체험함으로써 '신의 택함'을 받았다고 하는 생각이나, 동양의 여러 종교에서 보는 바와 같이 속세의 일상적인 존재의 베일을 제거한다고 하는 생각들은, 모두가 어떤 과정을 거쳐서든 그 고통과 충격을 벗어나게 된 죽음과 시간에 대해 새로운 변화를 체험하게 된다는 것을 상징적으로 일컫는다.

기도나 예배, 명상이나 정관[靜觀 : 조용히 사태의 추이를 관찰함], 그 어느 것을 통해서든, 모든 종교는 시간과 죽음의 연관에서 자신을 새로이 순응하게 할 수 있는 방법을 가르치고 있다.

이와 같은 새로운 순응은 낡은 자아의 죽음 이전에 반드시 선행되어야 할 정신적인 재탄생으로 불린다.

이것은 기독교 사상에서는 '자기 목숨을 얻는 자는 잃을 것이요, 나를 위하여 자기 목숨을 잃는 자는 얻으리라.'라는 말로 표현하고 있다.

죽음과 재탄생 양자를 암시하는 매우 역설적인 영상이 아닐 수 없다.

네 번째의 양식은 자연과의 영속성을 통해 이루어지는 불멸의 감각이다.

구약성경의 '너희는 먼지로부터 나왔으니 먼지로 돌아갈 것이다.'라는 말은, 한편으로는 자만심을 경계하기 위한 깨우침의 소리이기도 하다. 하지만 땅이라는 존재 자체는 멸하지 않는 것이라는 확신을 표현하는 것이기도 하다.

나무들, 그리고 산이나 바다, 또는 강물은 인간에게 어떤 일이 닥치든 변화 없이 존재한다. 적어도 부분적으로는 이러한 이유로 비록 잠깐이긴 할지라도 정신적 쇄신과 활력을 찾아, 우리 인간은 끊임없이 자연으로 되돌아가곤 하는 것이다.

전통적인 일본 문화에서는 자연이라는 것을 산과 골짜기, 비와 바람, 그리고 들과 강물과 같은 것들의 수호신들이 신성한 모습으로 체현된 것으로 생각해 왔다.

일본인 가옥의 정원이 지닌 섬세한 아름다움은, 곧 이러한 문화적 유산의 한 본보기일 것이다.

인도에서는 신들이 한결같은 모습으로 풍성한 산과 골짜기들—이 상적인 정신적 고향으로서의 자연—속에 자리 잡고 있다.

　미국인들 역시 위대한 자연의 풍정|great outdoors|에 지대한 관심이 있는바, 이러한 관심은 거대한 국경—지상에서 인간의 영역을 한없이 확장해 주는 먼 지평선—에 깊이 뿌리를 내리고 있었다.

　온갖 종류의 옥외 스포츠에 쏟아지는 열광적인 관심과 날이 갈수록 큰 관심이 사회생태학社會生態學에 쏟아지고 있는 것은, 곧 인간이 존속할 수 있는 대자연을 보존해야 한다는 점이 큰 중요성을 띠고 있다는 것을 말해 준다.

　생태학에 관한 관심은 인류의 눈앞에서 부각하는 환경의 파괴라는 가능성에서 비롯한 것이고, 또 다른 한편으로는 날이 갈수록 자연이 인간의 상상을 초월할 정도로 중요성을 띠고 있다는 사실에도 기인한다.

　이러한 의미에서 자연의 끊임없는 리듬이란 쇠퇴할 줄 모르는 중요성을 띤 것으로, 이제는 자연의 이미지가 가려진 시야로 도회지에 살고 있는 거주자들에게는 더욱 긴박한 의미를 지니게 되었다.

　불멸에 대한 다섯 번째의 양식은 소위 체험적 초월이라는 것으로 순전히 심리적 상태에 좌우된다는 점에서,

다른 양식들과는 약간 다르다.

여기서 말하는 심리적 상태란 시간이 사라져 가는 듯이 여겨지면서 환한 빛, 또는 지극한 기쁨을 체험하는 것을 말한다.

초월이라는 용어는—뛰어넘음을 의미하는바—범상한 일상생활의 한계나 제약에서 벗어나 자유로움을 느끼게 되는 것을 가리킨다.

초월을 체험하는 순간들은 언제나 엑스터시|ecstasy : 여기선 무아의 경지를 의미|의 요소를 지니고 있고, 엑스터시라는 말은 '벗어남'—자아를 벗어남—을 뜻한다.

따라서 체험적 초월의 순간들은 곧 무취無趣, 지루한 생활에서 초탈超脫하는 순간들이며, 동시에 죽음을 초극하는 순간들이다.

경험적 초월은 소위 종교적 차원의 거듭남[중생重生]으로 거론되는 정신적 재생再生과 흡사한 점이 있다.

그러나 이러한 심리적 체험은 비단 종교에서뿐만 아니라 음악이라든가 댄스, 권투나 운동, 지난 과거에 대한 묵상, 예술적 또는 지적 창조의 과정, 성애性愛, 출산, 동료애, 그리고 공통의 동기로 다른 사람과 함께 일하고 있다는 느낌 등에서도 역시 찾아볼 수 있다.

이러한 체험은 다른 네 가지 중 어떤 양식—생물학적, 창조적, 신학적, 자연적—과의 관련 하에서도 일어날 수 있는 것으로, 기실 이 네 가지의 양식 중 어느 것이라도 실제로 개인의 삶 가운데 융화시키기 위해서는 이러한 체험이 필수 요소일 것이다.

그리고 어떤 방식으로 체험하게 되든 경험적 초월은 심리학자 융이 지적하듯이 시간적 무한성의 감각을 내포하고 있다.

아닌 게 아니라, 모든 인간에게는 한결같은 정신적 잠재 능력이 존재하고 있으며, 적어도 시간에 대한 통상적인 인식에서 이따금 벗어날 필요가 분명히 있다고 여겨진다.

체험적 초월의 상태는 약물이라든가 금식, 또는 정신적 소진消盡이나 수면 부족 등의 도움으로 유도될 수도 있다.

어떠한 양식으로 도출되든 간에 이와 같은 상태에서는 지루한 심리적 일체감과 강렬한 감각적 인지력, 그리고 도저히 표현조차 할 수 없을 만큼의 정신적 광휘와 통찰력을 지니는 것으로 느껴진다.

이러한 체험을 하고 나면 인생이 사뭇 다른 것으로 여

겨지는 법이다.

사실 새로운 삶이라는 느낌—종종 체험적 초월 자체보다 더 깊은 가치를 지닌 것으로 평가되는—을 얻을 수 있는 것은, 바로 이와 같은 체험의 결과이다.

초월적인 체험들은 그 결과 인간이 그에 준거하여 살아가는 지배적인 상징이나 심상을 재조정하게 된다.

이와 같은 결과는 인간의 삶에 있어서 새로운 활력소로 조율될 수 있으며, 삶의 여러 가지 기획으로 이루어지는 활동에 새로운 감각을 불러일으킨다든가, 또는 전혀 새로운 스타일의 삶을 꾸려나가기 위해 해묵은 옛 생각이나 활동을 단념하게 만들기도 한다.

이러한 재조정은 한편으로는 더 훌륭한 윤리적 성장이나 더 용기 있고 도덕적인 행위를 유도할 수도 있다.

이와 같은 형태의 체험은 그 깊이와 강도에서 다소 차이는 있을 수 있지만, 예를 들어 테니스 코트나 단거리 육상 경주에서의 진력盡力이라든가, 예리한 통찰이나 깊은 고요 속에서의 한순간, 또는 섬세한 감각의 접촉 등과 같이 좀 더 보편적이고, 그 강도가 비교적 약한 경우에도 역시 시간이라는 존재에 대해 뭔가 변화를 느낄 수 있고, 삶의 영역이 확장되었다는 감각을 가지게 된다.

여러 세기에 걸쳐서 인간은 이와 같은 체험을 얻기 위해 각종의 약물을 사용해 왔다.

특히 근년에 이르러서는 약물 이용이 급증하고 있는데, 다양한 형태의 고조된 기분highs을 맛보기 위해 흔히들 음악과 콤비네이션|combination : 맞춤|을 이루어 애용하고 있다.

많은 사람들이 이와 같은 여행|trip : 환각 여행을 의미함|을 묘사하면서, 환각을 위한 약물을 취하는 주위 환경 및 분위기가 매우 중요하다고 강조한다.

이와 함께 환각 여행 체험을 함께 나누는 사람|소위 안내자guide|이라든가, 이 체험에 거는 기대감 같은 것을 대단히 중요한 요소로 지적하고 있다.

이러한 것들은 모두 약물을 사용하기 이전이나 사용하는 동안에 마음속에 자리 잡는 상징적 의미의 연관 또는 심상의 역할을 일컫는다.

이 말은 역으로, 약물 자체만으로는 정신적 재생을 불러일으키기 어렵다는 것을 보여준다.

수많은 사람들이 명상과 같은 정신적 수련 방법을 희구하고 있고, 약물에 의지하지 않고서 비슷한 체험을 얻을 수 있도록 노력을 기울이고 있다.

일단의 사람들이 약물|또는 알코올|을 이용해서 체험하는 정신적 고조 상태highs를, 다른 부류의 사람들은 각각 다른 여러 가지 방식으로 얻기도 한다.

이미 오래전에 윌리엄 제임스William James는, 술에 취한다는 것은 부유한 사람들이 심포니 연주를 들으러 다니면서 얻을 수 있는 것과 같은 황홀감을 얻으려는 가난한 사람들의 대체적 행위라고 지적한 바 있다.

이 말이 진실을 그대로 표현한 것인지는 모르지만, 만약 그가 오늘날 스톤즈Stones의 음악을 스톤|돌|처럼 굳어진 자세로 듣고 있는|환각제를 복용하고 음악을 듣고 있는 상태를 묘사| 현대적인 콤비네이션을 본다면, 과연 뭐라고 말할지 실로 궁금하다.

어쨌거나 술 취한 것을 가리켜 때때로 회반죽한 상태라고 하듯이, 마리화나를 이용하는 것을 돌처럼 굳어진다Stoned는 말로 표현한 묘사는 정말 재미있다.

어느 경우에나 그 이미지는 감성을 잃고 마비되며 심지어 비생물화 되는 느낌까지 들지만, 그러나 이것은 아주 특별한 양식으로 고통을 초월하여 고도로 즐거운 상태로 생각된다.

알코올은 주로 진정제로 작용하고, 마리화나는 그 특징적인 역할이 지각을 강화해 주는 것이다. 하지만 두 가지 모두가 그것을 이용하는 사람의 주위 환경과 기대감에 따라서 고도의 예리한 감각, 또는 그 반대의 현상을 가져온다는 것이다.

약물 이용을 초월의 경험과 연결하고 싶어 하는 사람들은|지금 우리가 다루고 있듯이| 한편, 그 결과로 초래될 수 있는 중독 현상과 인성人性의 타락 역시 인정하지 않을 수 없다.

제니스 조플린Janis Joplin과 지미 헨드릭스Jimi Hendrix의 죽음에서 그 예를 볼 수 있듯이, 마약의 이용이란 때로는 그 이용자를 참담한 체험, 심지어 죽음의 여행으로까지 데려갈 수도 있다.

재조정 또는 재생의 체험을 전적으로 약물의 화학적 영향에 의존하는 것으로 여기게 될 때, 소위 습관성이라든가 중독 현상이 일어난다고 할 수 있다.

인간은 자신이 지닌 심상들을 자유롭게 풀어놓을 방책이 없을 때 '낡은 자아'로서 상징적인 죽음의 상태에 처하게 된다.

이런 경우 마약에 대한 탐닉은 더욱 필사적으로 되고

내적인 완전성이 무너져 감에 따라 점차 분리, 분열, 그리고 정지와 같은 죽음의 심상들과 밀접한 연관관계를 맺게 된다.

이러한 것들과 관련한 불안 공포로 인해서 더욱더 병적인 소용돌이에 휘말리게 되고, 마약에 대한 충동이 더욱 커져 필사적으로 탐닉하게 된다.

많은 사람들의 경우, 이와 같은 마약과 인간의 관계가 전술한 극단적인 요소들, 곧 습관성과 불안 공포증 및 상징적인 재조정, 재생의 요소들을 포함한 하나의 복합적인 연관으로서 나타난다.

체험적 초월의 추구는 비단 새로운 것에 대한 탐색뿐만이 아니라 자아의 가장 깊고 오랜 심층의 그 무엇을 캐보려는 것과도 연관이 있다.

재생과 새로운 삶이라는 것은 모든 종교에서 흔히 찾아볼 수 있는 영상으로, 기독교의 경우 그 정신적 교훈이라는 것을 사실상 복음福音이라는 말로 표현하고 있는 것도 주목할 만하다.

마약은 물론, 다른 어떤 것에 대한 극적인 탐닉―새로움을 찾기가 도무지 어려운 체험 속에서 새로운 것|언제나 정신적인 새로운 분위기를 가리킴|―을 찾아보려는 필

사적인 탐색이다.

그리하여 마침내 탐닉이란 것은 아무것도 새롭지 않다는, 움직임이라고 하는 생명의 이미지가 절멸絕滅되는 체험이 될 뿐이다.

그와 함께 탐닉은 오히려 회복이 어려운 죽음처럼 무서운 마비 현상을 가져오는 법이다.

정신의학의 치료 과정에는 체험적인 초월에서 일어나는 것과 유사한 형태의 상징적 재조정이라는 것이 있다.

이와 같은 치료 방법이 성공하면 환자는 자신의 삶을 담고 있는 우리 우주가 훨씬 더 넓어지는 느낌을 얻게 된다.

마치 지금까지 그 속에서 존재의 실체감을 보았던 좁고 왜소한 이미지들이, 새로이 조정되고 탄생하여 흘러간 옛날보다 더 조화와 일관성을 찾을 수 있고, 또 닥쳐올 앞날은 훨씬 더 매혹적으로 보이게 되는 것이다.

죽음의 영상은 다시금 자취를 감추고 연결과 완전성, 그리고 움직임과 같은 생명의 심상들이 마음속 가득히 자리 잡는 것이다.

세계의 많은 사회를 살펴보건대, 축제나 향연, 무도회, 기타 사람들에게 일상생활의 지루하고 무취 무미한

챗바퀴에서 벗어나 상쾌한 자유를 맛보고, 춤추고 노래하며, 술 마시고 웃고 떠들고, 고조된 정신적 희열 속에서 사랑을 구가하는 여러 형태의 행사를 통해 체험적 초월은 고무된다.

이와 같은 모든 축제는 평범한 일상적 삶에서 급격하게 차단의 장막을 내리고 축제의 참가자들에게 시간과 책임을 잊을 수 있도록 해 준다.

이러한 축제 행사를 즐길 기회는 흔히 그 사회가 성립된 나름의 신화나 전설에서 유래한 종교상 축제일이 대부분이다.

그리하여 이러한 축제일은 곧 그 사회의 탄생을 기리고, 그 사회 내에서 살고 있는 사람들이 삶의 새로운 혁신을 맞이할 수 있는 일종의 탄생일인 셈이다.

따라서 체험적 초월은 그야말로 여하한 양식의 불멸 의식에서도 열쇠의 역할을 한다.

체험적 초월의 정수精髓가 지니고 있는바―시간의 재탄생―가 정녕 영원에의 의식과 연관을 맺고 있는 것이라고 한다면, 역시 다른 모든 양식에도 필요 불가결할 것이기 때문이다.

체험적 초월은 소위 신화적 시간이라고 하는 신비스

러운 체험으로의 진입을 포함하고 있다.

이러한 시간적 체험에서는 죽음에 대한 지각이 최대한으로 축소되고 자신의 소멸에 대한 공포 역시 지배적인 영향을 미치지 않게 된다.

멀고 먼 과거와 다가올 아득한 미래가 함께 녹아 흘러가는 영속 가운데에서, 현재를 살아가는 인간은 비로소 자신이 살아 있다고 느끼는 것이다.

우리는 앞서 분리·분해 및 정지와 같은 내재적인 죽음의 임상에 관해 이야기했다.

지금까지 정리한 다섯 가지 상징적 불멸에 관한 형식들은, 모두 이러한 죽음의 심상들과 관련된 죽음의 불안 및 공포를 초극超克할 길을 제시해 주고 있다.

이러한 양식들과 깊은 관련을 이룸으로써, 인간의 삶은 영속성의 요소를 지닐 수 있으며 생명에의 심상, 즉 연결, 움직임, 그리고 완전성 등의 요체들이 확고해질 수 있다.

죽음에 대한 불안과 공포를 극복한다는 것은, 인간의 조건에 대한 기본적인 필요일 것이고, 한편 상징적 불멸의 제 양식이야말로, 이러한 극복을 위한 올바른 길이라고 보지 않을 수 없다.

인간의 완전한 삶은, 또 다른 한편에서 보면 시시각각으로 두 개의 극 사이에서 움직이는 것으로 볼 수도 있을 것이다.

즉 일체로부터의 차단에 대한 심상|곧 죽음의 심상|과 영속성의 심상|곧 상징적 불멸|이 그것이다.

이 두 가지는 일종의 조화와 균형을 이루어 존립하는 것으로써, 어느 한쪽이 다른 쪽을 절대적으로 무너뜨릴 수는 없다.

다름 아닌 죽음의 심상이 상징적 불멸에 대한 추구를 더욱 절실하게 만들고, 모든 종류의 창조적 노력에 자극과 박차를 가하게 한다.

영속성, 그리고 불멸성에 대한 영상은, 한편으로는 명확한 죽음의 존재를 덜 위협적인 것으로 받아들여지게 한다.

인간은 체험적 초월이 반짝이는 느낌의 순간들을 통해서, 또는 다른 상징적 불멸의 어느 양식과 깊은 관계를 맺고 있다는 자신감에서 죽음을 부정하지 않고도 삶의 영속성을 확신할 수 있다.

인간이 살아가는 동안 이러한 문제가 의식 수준의 지

각으로 떠오르는 시간은 그리 흔치 않다. 그러나 이런 것들은 언제나 인간의 자각에 대해서 그 밑바닥에 자리 잡고 색조|色調 : tone|와 특질|特質 : quality|을 갖게 해 준다.

한편 위기의 순간이 닥치거나 변화의 시기가 도래했을 때, 이러한 문제가 비로소 강력한 의식의 집중을 받는 문제로 등장하는 것이다.

역사적인 혼란의 시기를 살펴보면 사회의 여러 가지 제도가 인간의 신뢰를 잃고 있는 것이, 그 특징이다.

그러나 이러한 제도들—가족, 교회, 정부, 직장, 학교 등—은 그 자체가 불멸의 연결성에 대한 이미지를 함께 확신할 수 있도록 해 주는 구조로, 이와 같은 제도들이 극심한 변전變轉의 외중에 있는 오늘날과 같은 시대에는, 개개의 인간이 자신의 불멸성에 대한 의식을 유지하기가 지극히 어려운 과제가 되고 있다.

죽음에 대한 공포는 인간이 그것을 단절과 고립 속에서 맞이할 때, 더욱 가공할 두려움이 된다.

사회, 그리고 사회적 제도들—사람들이 깊은 신뢰감을 가지고 있는 경우에—이 하나씩 떨어져 있는 개별적 인간의 삶을 넘어서서, 모든 사람에게 영속성의 이미지를 두루 공유할 수 있도록 해 줌으로써 죽음에 대한 공포를 극복하는 데 크게 기여한다.

죽음의 엄연한 존재를 눈앞에 두고서도 의연하게 살아갈 소지는, 물론 개인적인 삶이 빚어낸 여러 가지의 가능한 형태에 의존하겠지만, 역시 사회적 제 형식의 도움으로 비로소 가능한 것이다.

이러한 관점에서 볼 때 자살이란, 결코 개인적인 문제로만 볼 수가 없다.

한 인간이 스스로 자신의 목숨을 거부한다는 것은, 그 개인이 죽음의 공포를 극복하는 데 실패했음을 보여주는 동시에 사회적 실패를 함께 노출하는 것이라 아니할 수 없다.

그가 몸담고 있던 사회가 영속성에 대한 상징을 그 개인과 함께 누리지 못했던 결과인 것이다.

자살하는 사람은 그것으로 끝장인 단 한 차례의 전적인 노력으로 죽음의 공포를 극복하려고 하는 것이다.

비록 역설적이긴 하지만 자살한다는 것은 상징적인 완전성을 굳게 주장하고 싶은 하나의 시도라고도 할 수 있다.

왜냐하면 자살은 어떤 특정한 주의나 신념을 고수하

는 한 방책일 수도 있고, 또 때로는 자신이 누린 인생의 영역을 적극적으로 규정해 보려는 시도일 수도 있으며, 가치를 확인하려는 몸부림이기도 하기 때문이다.

그렇다고 하여 자살의 동기가 절망에서 기인하는 것이 아니라는 말은 아니다. 그러나 절망 속에서 살아간다는 것과 자신의 생명에 스스로 종지부를 찍는 최후 행위와는 별개의 것이라고 말하고 싶다.

자살은 결국 잘못 유도된 극복의 일종으로 간주할 수 있다.

인간이 스스로 목숨을 포기하는 것은 그가 죽음의 인지認知와 함께 더 이상 살아갈 수 없을 때, 또는 죽음을 넘어서서도 생존할 수 있는 연결성을 마음속에 그릴 수가 없을 때 행해지는 것이다.

일본에 전통적으로 내려오는 하라기리|hara-kiri : 할복割腹|만 보더라도 자살을 하찮은 절망의 행위로만 해석할 수는 없다.

일본인이 할복하여 자살하는 경우 의식적인 자살 행위 속에서 존엄한 죽음을 자행함으로써 패배의 굴욕감을 극복하고 있다.

사무라이|무사|도 법전에 따라 자살은 자신과 가문의

이름을 깨끗이 보존하고 영구히 남길 수 있는 명예로운 행위이고, 또한 스스로 죽음을 택하는 행동에서 불멸의 원칙을 재확인한다.

일본의 유명한 소설가 미시마 유키오三島由紀夫는 그의 자살로 사무라이 정신의 전통을 부활시키고, 현대의 일본이 그들의 전통인 정신적 요체를 상실해 가고 있다는 교훈을 보여주려 했다.

많은 사람들이 그의 의식적인 자살 행위를 어처구니없는 짓으로 여기고 있지만, 어쨌든 유키오의 할복은 일본 사회에 지대한 충격을 준 것도 사실이다.

그럼, 다른 종류의 자살은 어떠할까?

자살을 하는 사람들이라고 하여 한결같이 사무라이의 그것과 같은 격렬한 행동 기준에 따라 살고 있는 것은 물론 아니다.

그럼에도 자의적으로 자살을 하여 인생의 종막을 내리는 사람들은 어떠어떠한 조건에서는 도저히 삶을 지속할 수 없다는 사실을 적극적인 방식으로—비록 부정적인 행동을 통해서이기는 하지만—주장하는 것이다.

이와 같이 자살 행위는 언제나 살 만한 가치가 있는 삶이란 어때야 하는지에 대한 어떤 기준이 있음을 상정

想定하고 이루어진다.

나치의 유대인 학살장과 같은 극단적인 상황에서는 자살이란 곧 자유에 대한 강렬한 주장일 수도 있을 것이고—남의 손에 죽임을 당하는 시간을 기다리지 않고 차라리 스스로 목숨을 포기하는 자유—한편으로는 저항의 한 정신이었을 수도 있다.

이런 일이 행해지는 것을 볼 때, 결국 자살은 죽음의 그늘이 지배하는 순간을 벗어나 새로운 삶에 대한 영상과 어떤 연관을 맺고 있는 것이 분명하다.

그러나 자살이 그러한 삶의 갱생에 근본이 되기란 도무지 어렵다.

좀 더 특징적인 성격으로서 자살은 도저히 완전한 극복이란 있을 수 없는 것, 곧 죽음 그 자체를 극복하는 일에 대한 궁극적인 실패이다.

그러나 인간이 불멸의 어떤 의식을 통하여 스스로 생명감의 충일充溢을 느낄 때, 이와 같은 파괴적 행위 혹은 자기 파괴적 행동은 좀체 쉽게 할 수 없을 것이다.

4
시간
죽음의 역사

나는 누구인가?
자기라는 허구의 개념 하나의 생각
머릿속의 작은 거품에 불과하다.
나란 존재는
이미 당신이 구하고 있는
바로 그것이다.
당신은 별것이 아니게 태어났다.
아무런 이름도 없고
아무런 모양도 없이
당신은 별것 아닌 사람으로
죽을 것이다.
깊은 내면의 당신은
그저 광대한 공간일 뿐이다.

4

시간

죽음의 역사

인간이 문화를 창조하는 것은 자신의 정신적 자아를 유지하기 위하여, 모든 환경을 변화시키는 데서 비롯한다.

소위 역사란 것은 한민족이나 국가, 또는 어떤 문화에 대한 경험의 기록이다. 이러한 집합체들은 말할 것도 없이 개별 인간들로 구성되어 있다.

따라서 개개인의 심리를 이해할 수만 있다면, 동시에 인간 집단도 인간의 역사도 이해할 수 있으리라고 생각하는 것이, 언뜻 논리적인 것처럼 보인다.

그러나 한 사회의 역사라는 것은 그 사회를 구성하고 있는 개개인의 역사를 모두 종합한 이상의 그 무엇이다.

그러므로 심리학에 기저를 둔 역사 이론은 우리가 소위 역사라고 일컫는 공공公共의, 그리고 집단적인 사건들과 개별 인간의 행위를 연결할 수 있도록, 매우 섬세하면서도 광범위한 설명적인 개념을 필요로하지 않을 수 없다.

심리 역사학—심리학과 역사학이 융합된 분야—에서 주된 과업으로 다루는 것이, 바로 이와 같은 개념들을 찾아내는 일이다.

죽음의 심상은 종래 개별적 인간에 대한 심리학에서나 심리학을 역사에 적용하려는 시도에서 대체로 도외시해 왔다.

그러나 우리는 죽음의 공포를 극복하고 불멸의 의식을 성취하고자 하는 인간적 문제가, 결코 한 인간이 개별적으로는 달성할 수 없는 과제라고 믿는다.

이러한 인간적 과제는 개별 인간의 삶이 갖는 프로젝트|project : 학습 방향을 설정해 가는 문제해결의 학습|와 집단적 역사가 갖는 프로젝트의 양자 사이에 공통 영역으로서 존재하는 문제들인 것이다.

우리가 개별적인 인간의 삶과 집단적 역사를 프로젝트라고 말하는 까닭은 다음과 같은 두 가지 사실을 강조하고 싶기 때문이다.

첫째로 이 프로젝트라는 어휘 속에는 비전vision과 움직임movement에 관한 더 진보한 의미가 포함되어 있고, 둘째로는 무엇인가가 만들어지고 건설되고 있다는 느낌을 주기 때문이다.

인간은 앞으로 나아가려고 하는 진보를 향한 노력 속에서 영속성과 흐름flow의 상징을 절실히 요구하고 있으며, 이러한 상징들은 여러 가지 상징적 불멸의 양식들 가운데서 그 모습을 보이게 되는 것이다.

개별적 인간이라는 관점에서 말할 것 같으면, 삶의 프로젝트는 이러한 양식 중 한 가지 혹은, 두 가지 이상과 깊은 의미를 지닌 연관성을 이루는 데 있다고 할 수 있을 것 같다.

한편, 역사라고 하는 보다 광범위한 관점에서 볼 때는 개별적인 인간의 충족과 성취를 위한 여러 가지 길을 끊임없이 제공해 줄 수 있도록 불멸의 여러 양식이 그 생존 능력을 보존하도록 하는 것이, 곧 집단 문화적 삶의 프로젝트라 할 수 있을 것이다.

어떤 형태의 문화 체계든 죽음이라는 존재를 다루는 특정한 방식을 가지지 않을 수 없지만, 인간은 누구나 죽는다는 사실을 인정할 수 있도록 하는 인간의 다양한 능력에 따라 죽음을 둘러싼 문화적 체계도 달라지는 것이다.

자연의 법칙에 따른 죽음과 같은 현상을 도무지 인정하려 들지 않는 원시 종교에서 볼 수 있듯이, 죽음의 전제는 철저하고도 과격하게 부정되기도 한다.

그러나 이러한 유형의 부정이란 대단히 보잘것없는 것으로, 만약 죽음이란 것이 자연스러운 과정이 아니라면, 필연적으로 비자연적 사건, 예를 들어 제주祭主라든가 주문呪文에 기인하는 것이라고 하는, 실로 엄청난 의혹을 자아내는 분위기가 된다.

많은 문화 체계에서 볼 수 있듯이, 흔히들 사자死者의 주검을 연장이나 무기와 함께 매장하고 있는바, 이것은 사자가 다른 세계|혹은 저승|에서라도 삶을 계속 이어갈 수 있도록 하기 위해서이다.

또한 조상 숭배를 위한 제사나 의식 역시 죽은 사람일지라도, 여전히 그 권위를 계속 행사하고 있다는 믿음에서 우러나온 것이다.

죽은 사람의 시체와 그 사람이 쓰던 연장들을 함께 매장한다는 것은, 곧 죽음을 부정하는 동시에 다른 한편으로는 죽음을 받아들인다는 의미이다.

죽은 사람도 연장이 필요할 것이라는—따라서 정말 죽은 것은 아니다—환각을 뒷받침해 주는 한편, 개별적인 인간의 죽음에도 불구하고 문화적인 업적과 삶은 계속되리라는 영상을 상징하는 좋은 본보기이다.

죽음의 심상을 역사와 결부시켜 주려는 이론은 죽음의 심상이 불러일으키는 불안, 또는 공포의 존재에서 애써 살아 나가려고 하는 투쟁을 강조하지 않을 수 없다.

남녀를 막론하고 이러한 불안과 공포는 스스로 끊임없이 변화하는 방식 속에서, 서로 결합하고 표현되는 여러 가지 상징적 불멸의 양식과 연관을 맺게 함으로써, 비로소 대처할 수 있다.

따라서 위에서 말한 투쟁이란, 곧 불멸의 느낌에 대한 특정한 표출 방식들에 깊은 의미를 유지하려는 것, 또는 역사적 상황의 변천에 즈음하여 새로운 표현 방식을 찾아내려는 노력이다.

바로, 이것이 더 복잡한 방법이긴 하지만, 죽음의 존재 앞에서 삶을 확인할 가능성을 부여해 준다.

인간의 역사를 이해하는 한 가지 방법은, 그 역사를 끊임없이 변화하고 있는 상황에서 불멸에 대한 집단적인 의식을 성취, 보존, 재확인하려는 노력으로 살펴보는 것이다.

어떤 불멸성의 양식들이 의미를 지니기 위해서는 그 양식이, 어떤 주어진 역사적 시기에 모종의 특징적인 종류의 체험과 연관을 맺지 않으면 안 된다.

고대 그리스나 19세기 미국 문화를 꽃피게 했던 인간 영속성의 표현 방식과 형태들은, 오늘날의 우리 현대인들에게는 적용되지 않는다.

그러나 그렇다고 하여, 이와 같은 노력과 투쟁 자체가 무의미하게 되어버렸다는 것은 절대 아니다.

다만 새로운 형식과 표출 방법이 개발될 수 있고, 또 개발되어야만 한다는 것이다.

역사적, 그리고 종교적인 사상의 전체적 경향이 종래의 초인적인 우주의 힘이나, 초자연적인 신의 은총을 받는, 그야말로 문자 그대로의 생물학적 불멸이라는 생각에서, 점차 벗어나 개별적인 인간의 삶 하나하나를 포함하는 인간 문화에 대해 더 상징화된 영속성 쪽으로 기울어져 왔다.

오늘날 문화적 가치를 훌륭하고 건설적인 삶을 산다는 것이, 과연 무엇을 의미하는가에 대한 인지의 기준을 수립함으로써 죽음의 공포를 극복하려고 하는 개별 인간의 노력에 대해 개개의 인간들에게 그 지지를 보내고 있다.

이러한 지지가 더 효과적인 것이 되려면, 앞에서 말한 문화적 가치들이 인간으로 하여금, 그의 가장 깊은 정신적 차원에서의 연결과 완전성, 그리고 움직임을 향한 개별적 노력을 확고히 해 줄 수 있는 충분한 강도와 함께, 한 가지 이상의 불멸성에 관한 양식을 아울러 포용하고 있어야만 할 것이다.

무엇이 가치 있는 삶을 조성해 주는가에 대한 문화적 입장의 이상은 시대에 따라 변화하는 것으로, 때로 역사적 위기의 분기점에 이르렀을 때, 곧잘 불분명해지거나 혹은 그와 상치되는 다른 이념과의 사이에서 깊은 갈등에 빠지기도 한다.

오늘날 미국 문화의 주도적 흐름은, 이상적인 성인 생활의 한 표본으로서, 훌륭한 교육을 받고 안정성 있는 직장을 확보하여 결혼하고 정착하여 가족을 부양하고 적당한 개인적 목표를 성취하는 등, 그 모든 것이 현존의 사회적 과학 기술적인 재조정의 범주 안에서만 머무르는 성인상을 산출했다.

그와 거의 때를 같이 하여 이러한 기준에 대한 집단적인 비판 세력으로서의 반문화反文化가 일어났고, 집요하고도 지속적인 실험이 그 특색인 것처럼, 반문화 역시 그 나름의 가치 체계를 수용하는 것이 사실이다.

이러한 반문화의 흐름은 작고 고립된 가족 속에서 살 것이 아니라, 집단을 이루어 공동생활을 하는 쪽을 택하며, 직장이 요구하는 바에 순응할 것이 아니라 스스로 자기표현을 할 것을 주장하며, 언제까지나 즐거움을 뒷날로 미룰 것이 아니라, 현재 이 순간을 즐기고 지금, 모든 것을 실현하고자 하는 데 있다.

그러나 현재에 커다란 방점을 두면서도 반문화 역시 지속적인 원리를 창출하고, 그와 연관을 맺으려는 모색을 거듭하고 있다.

반문화의 대표적 인물들인 밥 딜런Bob Dylan, 램 대스Ram Dass, 톰 하이든Tom Hayden 등은 다소 저항적이고 표현이 풍요로우며 유쾌한 성인 생활이라는 새로운 이상형을 몸소 실천해 보인 전형적인 예였다.

성인 생활에 관한 신구新舊 양자의 모델과 오늘날 우리 현대인 대부분의 삶을 특징 지을 수 있는, 두 모델 사이에 결합한 많은 형태가 사람들이 개인적이고 개별적인 노정路程을 찾을 수 있도록 할 만큼 다양하고 풍부한 스타일과 새로운 세계관을 제시하고 있다.

죽음의 불안과 공포에 대한 집단적 극복이라는 것은 제도화된 공동의 가치 체계와 개별적 인간의 확신과 필요 사이를 성공적으로 연결 지어주는 일을 포함하고 있다고 할 것이다.

문화의 외적 세계|제도, 신앙, 가치 기준|가 개별적인 인간의 삶에서 개인이 갖는 지각 및 정서와 강력한 연관성을 맺지 않으면 안 된다.

역사 심리학적 혼란이라는 것은 곧 제도적 상징이 깊은 의미를 지닌 방식으로 개개인의 노력과 투쟁에 연관을 맺지 못하고 있는 점에 그 특색을 찾을 수 있다.

외적인 문화적 삶과 내적인 심리학적 현실 사이에는 언제나 간극間隙이 자리 잡고 있다.

그 결과 죽음에 대한 불안과 공포가 한층 더 깊어지고, 점점 더 죽음이라는 실존을 부정할 필요성을 느끼게 된다.

이런 경우에 자신의 혼돈된 정신을 수습하기 위해서는, 한편으로는 더 크고 더 지속적인 사회적 형식의 틀 안에서 잘 적용할 수 있는 형태의 개인적 삶을 위한 형식을 찾게 된다.

20세기 중반에 일어났던 반문화는 바로, 이러한 위기의 시대에 어떠한 사태가 초래될 수 있는가를 잘 보여주는 예다.

많은 사람들에게 있어서 낡은 생각과 과거의 가치 기준이나 상징이 그 권능을 상실해 버렸기 때문에, 낡은 것을 대체하거나 쇄신하기 위하여 새로운 상징과 삶의 양식을 부활시키려는 시도가 일어나게 되었다.

이러한 과정은, 한편으로는 대규모의 사람들을 움직이게 할 만한 권능을 갖춘 상징을 창출해 낸다는 것이 도무지 쉽지 않은 일이고, 다른 한편으로는 낡은 옛 가치 기준들이 비록 그것들에 신물이 난 사람들의 삶에서조차도 그리 쉽사리 소멸하기는 어렵기 때문에, 결국 매우 고통스럽고 지둔한 과정이 될 수밖에 없다.

그러나 낡은 문화가 초래한 위기가 대단히 심각한 경우라면, 새로운 문화의 쇄신과 부생|復生 : 부활|에 대한 요구가 매우 절박한 양상을 띠게 된다.

이러한 위기의 체험은 곧, 삶이 가능한 모습으로 지속할 수 있으려면 낡은 옛것들은 내적이든 외적인 의미에서든, 모두 소멸해야만 한다는 느낌이 생겨난다.

바로 이와 같은 절박한 요구가 언제나 여하한 형태의 것이든 혁명적 변화의 배경에 자리 잡고 있다.

역사상 중요한 전환점이 되었던 모든 시기는, 곧 상징적 불멸성의 제 양식에 대한 주요한 수정, 또는 재결합의 시기로 생각할 수도 있다.

예를 들어 19세기 중엽, 찰스 다윈Charles Darwin의 진화론에서 비롯하여 필연적으로 야기된 인간 의식에 관한 중대한 변모|그 과정은 결코 완벽한 것이 못 되지만|는 불멸성에 관한 제 양식에 심각한 변화를 불러왔다.

다윈에 의하면, 한편으로는 우주 창조에서 하나님의 역할을 부정하지는 않으면서도 자연의 모든 창조는 수백만 년 이전부터 시작된 일련의 연속 과정임을 강조하고 있다.

결국 다윈의 주장은 삶의 과정에서 하나님의 신성한 섭리로서가 아니라, 오히려 자연의 여러 가지 양상에 그 초점이 있었다.

다윈의 업적은 격렬한 사회적 논쟁을 야기시켰고, 오늘날까지도 그 이론을 문자 그대로 전통적인 성경의 가르침과 모순된다는 이유로 그의 학설을 거부하는 이들이 있다.

이러한 논쟁이 불꽃 튀는 격렬함을 보이는 것은, 다름 아닌 참된 삶과 죽음에 관한 문제|상징적인 형태로서|가 연관되어 있음을 증명하는 것이다.

다윈의 혁신적 이론이 가져온 신학적 불멸의 양식에서 생물학적 자연적 양식으로의 변이變移를 생각할 때, 이러한 논쟁도 이해할 수 있을 것이다.

그리하여 이 논쟁은 인간의 영속성에 대한 형식이라는 점에서 궁극적인 과제를 탐색하고 있고, 불멸성의 제 양식을 위한 인간의 노력과 투쟁 이면에 늘 도사리고 있는 죽음의 공포를 다시 한번 격렬하게 불러일으켰다.

지난 수십 년에 걸쳐 전개되었던 중국의 공산주의 혁명은 결과적으로 새로운 사회를 탄생시켰다.

이러한 일련의 변화는 모택동毛澤東의 지도자 정신에서 잘 표현하고 있으며, 그의 유명한 저서에 요약되어 있다.

그러나 20세기 중국의 사회적 개조도 중국에서 종래

지배적인 영향력을 행사하고 있던 불멸성의 양식에 대한 격렬한 수정이었다고 생각할 수도 있다.

모택동이 공산주의 혁명에서 강조한 것은, 결국 생물학적 불멸성|개별 가족과 유교 윤리에 의하여 강조된 조상숭배의 중요성을 강조하고 있는 사실|에서 떠나 혁명 공동체로서 중국 인민 전체로 그 초점이 옮겨진 것이었다.

창조적 업적에 대한 사고방식도 더 광범위하게 변모하여, 오늘날에는 개인적 성취나 업적보다는 혁명에 대한 공헌이라는 관점에 그 기조를 두고 있다.

20세기 말의 문화혁명 기간에서 볼 수 있는 바와 같이, 혁명적 활동과 업적에 황홀하게 도취한 순간들에는 '체험적 초월'의 양식이 강력하게 모습을 나타내기도 했을 것이다.

이러한 양식의 변화는 수십 년 혹은 수백 년을 요하긴 하지만, 이와 같은 움직임을 어떤 특정한 한 사람이 대표하거나|다윈이나 모택동의 경우처럼| 특정한 사건|히로시마의 원자탄 투하와 같은 예|에 좌우되는 일도 드물지 않다.

붓다나 모세, 혹은 그리스도와 같은 정신적 영웅들은 새롭거나 새로워진 신학적 불멸성의 양식과 연관을 맺고 있으며, 그들의 추종자들에 의해 어떻게 하면 죽음을 극복하며, 삶을 누릴 수 있는가 하는 삶의 방식에 대한 하나의 신성한 모델로 간주되고 있다.

그러나 인간의 정신적 절망이란 때때로 다스릴 수 없으리만큼 지대해서, 히틀러Hitler와 같이 광포 무도한 지도자|히틀러의 경우 불멸에 대한 그의 절대적인 욕구가 끊임없는 주검의 대열을 요구했었다|를 영웅이나 죽음의 정복자로 떠받들게 하기도 한다.

영속성에 대한 인간의 심상은 무한히 많은 수의 형식을 지닐 수 있기 때문에 불멸성에 관한 양식 역시 개별 인간들의 꿈이라든가, 삶의 모습만큼이나 다양한 끝없는 연속 가운데에서 지극히 다양한 형태를 취하게 된다.

불멸에 대한 집요한 추구 과정에서 인간의 창조 능력이야말로 죽음의 공포를 피해야만 하는 절대적이며 끊임없는 욕구에 부응하는 것이다.

불멸의 모든 양식은 본질적으로는 인간 체험의 영역 안에서 존재하는 법이다. 그들 양식은 이미 말한 바와 같이, 한편으로는 개인적이면서 동시에 개인을 넘어선 영역들이다.

이와 같은 이유로 인해 불멸의 양식은 개별적 인간의 삶과 역사적 진행 과정 사이에 연결성을 부여해 준다.

역사 심리학적 혼란이라는 것도, 결국 상징적 불멸성이 손상을 입은 것이라 말할 수 있다. 곧 불멸의 양식에 대한 위협이 개인의 차원과 문화적 차원 양면에서 동시에 부각 됨을 의미한다.

지난 삼십여 년 동안 역사적 변화의 가속화와 원자력 시대의 위험이 이룬 일종의 콤비네이션이, 바로 이와 같은 위기를 가져왔다.

불멸의 양식에 대한 인간의 관계가 근본적으로 변화하지 않을 수 없었다|이러한 과정에 대해서는 제5장에서 자세히 검토하기로 한다|.

인간의 스스로에 대한 이미지와 인간 세계에 대한 이미지가 갈래갈래 찢겼기 때문에, 역시 재건의 기회도 그만큼 풍부하게 주어지고 있다. 만약 어디서부터 시작해야 하는지를 알고 있기만 하다면 말이다.

명료한 사회적 형식이 존재하지 않음이, 왕왕 우리에게, 모든 일이 한꺼번에 가능하면서도 가능한 것은 아무것도 없다고 하는 자가당착의 느낌을 안겨준다.

불멸 의식을 잃어버리게 되면, 곧 죽음의 공포를 극복

하려는 시도에서 절망적이고도 처절한 방법을 유도할 수도 있다.

그런 한 가지 형태가 이념적 전체주의로서, 여기서는 일련의 사상 체계가 현실의 복잡성과 그 사상이 얼마나 훌륭하게 조화, 또는 비조화를 이루고 있는가는 상관치 않고, 오직 절대적인 확신으로서 주장한다.

전체주의란 어떤 형태의 정치적 종교적 또는 철학적 신조가, 진리에 대한 절대적이며 존재 일체를 포용하는 주장으로 부상되는 모든 것이 아니면, 아무것도 아닌 하나의 명제이다.

전체주의적인 사조의 경향 속에 본질적으로 내포된 위험을 직시한다는 것은 매우 중요한 일로, 이러한 경향과 좀 더 일반적이고 보편적인 형태의 신념, 또는 믿음을 명확하게 구별하는 일 역시 중요하다.

일단 인간 세계에 대하여 전체주의적 견해에 물들게 되면, 자신의 인식 혹은 지각에 대하여 스스로 신념을 검토해야 할 필요—내가 믿고 있는 바가 과연 현실과 부합하는 것인가?—가 도무지 귀찮고 불편하여 그저 회피하려고만 한다.

그 대신 자신이 어떤 처지에 놓이기도 전에, 이미 모

든 것을 알고 있다는 편리한 태도를 취한다. 이때 자신의 믿음은 전적이다. 그것이야말로 모든 문제에 대한 해답이 된다.

신념이나 가치 기준 따위가 이미 행위를 위한 지침으로 역할을 하지 않는다.

오히려 절대적인 권위 속에서 그 신념이나 가치 기준이 현실을 설명하고, 올바른 행위에 대한 처방을 내리는 것이다.

현실에 대하여 전체주의적인 개념을 도출하고 싶어 하는 충동은, 뭔가 친숙한 영역이나 우주宇宙를 찾아내고 싶은, 좀 더 보편적인 인간의 충동과 일맥상통하는 점이 있다.

친숙한 우주란 곧 잘 알고 있는 신뢰감을 느낄 수 있으며, 그 속에서 안식을 얻을 수 있는 그런 것을 말한다.

흔히 사람들은 그들이 모르는 다른 사람들|낯선 이들|과 친근한 사람들|가족, 이웃, 친구들|을 습관적으로 구별한다.

그러나 보편적으로 친숙할 수 있는 어떤 과정이 가능한 것으로, 이에 의하여 낯선 사람들도 잘 알고 신뢰할 수 있고, 또한 이웃이나 친구들의 범주 안에 포함되며,

결과적으로 알려진 우주의 영역이 확대되는 것이다.

전체주의적 견해에서는 이와 같은 과정을 허락할 여지가 없으며, 어떤 '낯선 이'가 자신과 모습이 꼭 닮은 경우에라야만 어쩌다 허락한다.

자신이 몸을 담고 있는 우주|여기서의 우주는 개인이 신봉하는 사상이나 받아들이고 함께하는 사람들, 그리고 지리적인 범위 등을 모두 포함한다|가 신성시되고, 이 신성한 우주의 바깥에 있는 사람들은 유령이거나 악마 혹은 외국인으로서가 아니라, 그저 적으로 간주한다.

바로 이 적이야말로 자신의 집단이 살아남기 위해서는 파멸되어야 하는—곧 죽임을 당해야 하는—자인 것이다.

인간 세계에 대해서는 한갓 절대적인 영상을 만들어 내면서 동시에 절대주의는 내집단|內集團 : in-groups|과 외집단|外集團 : out-groups|을 절대적으로 구별하려 한다.

이미 앞 장에서 우리는 사춘기 시대의 분파와 파당 심리에 관한 이야기에서, 다른 사람들을 배척하는 유사한 경향에 대해 언급한 바 있다.

어느 경우든 동기는 근본적으로 같다. 즉 다른 사람들

을 억누르는 힘을 과시함으로써 죽음의 공포에 직면하고 있는 자신의 신념을 더욱 강화하려는 것이다.

그리고 바로 이와 같은 동기가 모든 형태의 편견 뒤에 도사리고 있는 근본적인 추진력이다. 편견이라는 용어보다는 그 과정이 단순히 개별적 인간의 특이한 태도에 의한 것이 아니라는 것을 강조하기 위해 우리는 '희생화'라는 말을 사용하고 있다.

희생물을 만들어내는 능력은 개별적인 인간의 심리 성향에서 비롯되지만, 혼란으로 시작하여 폭력으로 그 절정에 달하는 역사 심리학적 과정과 관련해서 실상實像을 드러낸다.

그리고 이와 같은 과정은 죽음이나 공격 행위를 지향한 본능적인 충동의 표현하기라기보다는, 주로 문화적 상징의 한 표현이라는 사실을 강조해 둔다.

유감스럽게도 이러한 과정을 보여주는 역사적 실례는 너무도 풍부하다.

15세기 스페인에서 있었던 이단자 심문에서는 국가가 정한 종교적 교조敎條에서 벗어난다고 여겨지는 사람들은 무참하게도 살육을 당해야만 했다.

금세기에만 해도 2차 세계대전 당시 유대인 학살장에

서 자행되었던 독일의 유대인 박해를 인종적 순수성과 문화적 순수성을 보존하기 위해 꼭 필요한 것처럼 합리화했었다.

이러한 경우에, 타他를 괴롭히고 희생시키는 과정에서 늘 그러한 것처럼, 희생당하는 집단은 비인간적이고 사망의 때로 얼룩진 존재들로 간주하였다.

그것은 사망의 때로 오염되고 더럽혀진 존재들이므로 그들을 죽여 없애는 것은 살인을 저지른 것이 아니라는 것이었다.

이 모든 전체주의의 희생화 과정은 결국, 일종의 거짓된 불멸성으로 간주할 수 있다.

다른 집단의 지위를 낮추고 축소함으로써 자신이 처한 집단이 죽음의 문턱에서 구제되어 끌어올려진 느낌인 것이다.

다시 말하자면 한 인간의 불멸은 다른 사람의 그것을 희생시킴으로 하여 사들인다는 이야기가 된다. 그 희생이 인간의 삶에 지극히 귀중한 것이 아닌 이상, 이러한 방법이야말로 불멸에 이르는 값싼 루트라고 생각될 것이다.

하지만 우리는 좀 더 정확하게 말해서 희생화라는 것

을 불멸로 향하는, 심리적으로 비겁한 노정路程으로 묘사하고 싶다.

인류의 역사가 진행되어 온 과정을 통해 희생화라는 명제는 불멸이라는 것이, 어떤 지배적인 사회 계급이나 신분층 또는 인종이나 종교, 그리고 그보다 더 초기에는 과학 문명의 힘 따위가 가질 수 있는 특권이라는 가정에 의해 그 동기를 부여받아 왔다.

예컨대 고대 이집트에서는 오직 파라오[왕王]와 귀족들만 그 특권을 누릴 자격이 있었고, 캘빈파 종교에서는 신의 은총에 의해 택함을 받을 사람들만 구원받을 수 있는 것으로 되어 있다. 그래서 가끔 경제적 성공을 쟁취한 사람들은 바로, 그러한 택함을 받은 증거로 보이기도 했다.

양자의 경우에 사회적으로 낮은 위치에 있는 평범한 사람들은, 현실 세계에서나 내세에도 신성한 신의 손길에 따르는 은총을 받지 못한 사람들이기 때문에 사회적으로 천민의 위치에 있는 것으로 해석되었고, 따라서 구원받을 자격도 없다고 여겼다.

인도의 카스트 제도|the caste system : 인도의 전통적

인 신분제도| 역시 비록, 오늘날에는 법으로 금지하고 있고 실제로도 과거 역사적 상황보다 훨씬 약해지긴 했지만, 사회적 위치와 불멸의 권리 사이의 상관관계를 그대로 반영한다.

힌두교 교리에는 카르마의 법이 있는데, 이 교리에 따르면 현세에서 육신을 받고 태어나서 처한 처지와 환경은 전생의 업보에 기인하는 것이라고 한다|Karma : 카르마는 인과응보, 숙명, 때로는 인연 등의 의미를 지닌 산스크리트어로서 불교의 갈마羯磨 또는 업業이 곧 이것이다. ; 역자주|.

그리고 태어나 완전무결하고 극히 정결한 삶을 삶으로써, 비로소 다시 태어나야 할 필요로부터 해방될 수 있고, 따라서 영원히 자유로운 영혼의 참 즐거움을 누릴 수 있다고 한다.

인도와 일본의 역사에서는 사회적으로 버림받은 집단은 더럽혀지고 타락한 존재들로 간주했고, 죽음과 관련된 직업을 가져야만 하도록 했다.

죽은 사람의 염이나 매장, 때로는 화장한다든지 짐승을 죽이거나 도살하는 일, 동물의 가죽을 다루는 일, 또는 인간의 배설물을 다루는 일 등을 그들에게 맡겼다.

더구나 일본에서는 이와 같은 부류의 천민은 전체 인구의 통계 숫자에서마저 제외해 버릴 만큼 철저히 무시하는 경향을 지녀왔다.

인도의 힌두교도는 그보다 더 심한 처사를 할 때도 가끔 있었다. 인도의 여러 지방에서는 천민으로 태어난 사람은 높은 신분으로 태어난 사람들과 같은 길을 걸어 다닐 수조차도 없었다.

행여 같은 길에 발이라도 디뎠다가는 빗자루를 들고 나와 발자국을 말끔히 쓸어내지 않으면 안 되었다.

심지어 땅에 침을 뱉을 수도 없었다. 땅은 오직 상류 계급만 침을 뱉을 수 있도록 엄하게 다스렸다.

그래서 하층 계급의 사람들은 목에다가 침을 뱉을 조그마한 용기를 달고 다녀야 했고, 더구나 어떤 길에 들어설 때는 그들보다 신성한 사람들이 그들의 때 묻고 오염된 그림자를 피해 지나갈 수 있도록 크게 고함을 질러 더러운 인간의 입장을 예고해야만 했다.

이러한 극단적인 예들이 마치 멀고 먼 이국의 이야깃거리처럼 들리지 않도록 하려면, 불과 백여 년 전 미국의 남북전쟁 당시를 회상해 보는 것이 좋을 듯하다.

얼마나 많은 흑인 노예가 마치 가축 떼처럼 매매되고,

게다가 종교적 이념으로 합리화되기까지 했던가를 생각해 보자.

미국에서의 이러한 흑인 문제는 대체로 그리 극단적인 예는 아니라고 하더라도 역시 희생화의 한 유형을 표출한 것이 아닌가?

미국 흑인의 피부 빛깔이야말로 숱한 논쟁과 소요를 몰고 온 주요한 평가 기준이었다.

세계 곳곳에서 '검다는 것'은 비순수와 죽음의 이미지와 연관 짓고 있고, 한편 '흰 것'은 순수와 불멸의 연상과 밀접한 관련을 맺고 있는 것이 사실이다.

흑黑마술|black magic : 못된 목적의 마술이나 사기|이나 흑사병 등에서의 검은색이라든가, 장례식에서의 검은색과 기타 조상弔喪을 위한 검은 예복의 예들은, 검은색과 죽음을 연관시켜 생각하는 범세계적 심리 경향을 여실히 보여준다.

많은 국가에서 검은 피부 민족들은 자기들 스스로가 검은 피부에다 근거를 둔 편견을 지닌 예가 허다하다.

세계의 일부 지역|미국과 같은 곳|에서는 이와 같은 경향은 곧 백인 사회가 지닌 지배적 인종 가치관에 힘없이 굴복당한 결과로 나타나고 있다.

그러나 한편으로는 백인 사회의 영향과 무관하게 별개의 경향으로 발생하는 수도 있다.

어쨌든 여기서 중요한 것은 검은색을 인체의 분비물|죽은 물질|이 지닌 색깔과 연관시킨다든가, 밤의 어둠|밤이 주는 두려운 모습은 흑인들의 탓으로 돌려진다|과 관련을 맺고 있다는 사실이다.

검은 피부를 지닌 사람들을 희생으로 삼는 이유는 복잡하고, 그다지 분명한 것도 아니다. 하지만 인간의 역사를 통하여 가장 충격적인 사실로 지속되고 있는 것은, 여하한 종류이든 희생물을 만들어내고 싶어 하는 인간의 성향일 것이다.

이러한 성향은 경제적 유별이나 사회적 신분제도 또는 사회 계층, 종교, 인종 등과 연관 지어 생각해 볼 수 있겠지만, 이런 요소의 어느 것도 분명한 설명을 기대할 수는 없다.

틀림없는 사실은 타他를 희생시키려는 집단이야말로 희생을 당하는 인간들에 대해서, 뭔지 온전한 인간으로 존재할 수 없는 부류들이라는 굳은 이미지를 지니고 있다는 것이다.

그와 동시에 결코 완전히 파악할 수는 없지만 희생으

로 삼으려는 상대 집단이, 그 무엇인가 비상한 능력—종종 뛰어난 성적 능력인 경우가 많다—을 가지고 있는 것으로 보는 경향도 있다.

미국 사람들 사이에서 전통적으로 내려오는 흑인들의 체력과 성 능력을 둘러싼 전설적 설화들이 위에서 말한 경향의 좋은 본보기다.

한편으론 인간성이란 점에서 저급한 것으로 보는가 하면 동시에 우수하게 보기도 하는 이러한 희생물에 대한 이율배반적인 이미지를 어떻게 설명할 수 있을까?

그 설명은 우선 첫째로 더 저열한 인간으로서 다른 사람들을 보려고 하는 동기에서 찾아볼 수 있다. 즉 그 동기란 다른 사람들에게는 인간의 불멸성을 부정함으로써 자신의 불멸을 과시하고 싶어 하는 욕구인 것이다.

타를 희생시키려는 집단이라고 해서 희생당하는 인간의 집단이 진정 비인간적이며, 그들 자신의 집단에 비해 불멸성에서 완전한 요건을 갖추지 못했다는 확신을 가질 수는 없다.

다시 말해 타他를 희생시키는 사람들 역시 자신의 환상을 완전히 믿지는 못한다는 것이다.

미국 사회의 어떤 노예 소유자라도, 그가 소유한 노예

들이라고 해서, 그 자신보다 저열한 인간인가에 대해서는 깊은 회의를 느끼지 않을 수 없을 것이다.

'내가 얻고자 애쓰는 건, 오직 신의 은총뿐'이라는, 예로부터의 표현은 자신을 희생당한 인간의 입장에 놓으려는 인간의 모습을 그리고 있다.

어떤 인간이든 자신의 모습을 불행하고 비참한 인간—노예라든가 폭격 또는 질병이나 홍수 따위의 희생자—으로 인식한다는 것은 고통스러운 일이며, 대체로 회피하고 싶은 것이 사실이다.

그러나 좀 더 정확하게 말하여 희생자는 보편적 인간을 초월한 존재라는 대조적 신화를 도출하는 바탕은, 곧 희생자야말로 진정 인간적일 것이라는 은폐된 인식이 있는지도 모른다.

더구나 비인간적이라는 생각과 함께 희생자들은 뭔가 이국적이며, 색다른 금지된 자질을 띠고 있다.

이것이 곧 희생자들을 기괴하면서도 초인간적인 모습으로 바라보게 하는 요소이다.

관념론적인 전체주의를 추구하는 과정에서 타他를 희생으로 삼으려는 사람들은 그들의 성적 욕망이 애정, 나아가서는 심지어 관능적 욕망으로부터도 차단되고 분리된 것임을 체험하게 된다.

희생을 요구하는 사람들의 성적 욕구는 곧 권력에 대한 완전한 정보가 확인을 위한 욕망으로 변모한다. 그리곤 희생자들이 매혹적이긴 하지만, 비인간적인 성적 괴물로 비치게 된다.

한 인간이나 어떤 사물 또는 체험이나 인간관계에 대하여 이율배반적인 두 가지의 감정을 가지게 되는 경향을 설명하기 위하여 심리학자들은 반대 감정병존|反對感情竝存 : ambivalence 愛憎·好惡 따위의 반대되는 두 감정이 함께 자리 잡은 심리 상태|이라는 용어를 사용한다.

한편으로는 희생자들을 보편적인 인간 이하의 존재로 보는가 하면, 동시에 초인간적인 그것으로 간주하는 것은, 바로 이와 같은 심각한 반대 감정의 병존 상태를 보여주는 것이다.

이러한 경향은 소위 엘리트 희생자라고 우리가 지칭하는 집단들과의 연관 하에서 더욱 분명해진다.

엘리트 희생자들이란 타他를 희생시키려는 사람들의 주체적인 존재성의 위협을 제기하고 있는 것으로 간주되는—그리고 그러한 이유로 희생을 당하는—사람들을 가리키며, 한편으로 희생시키려는 사람들이 문화적 유산이란 점에서, 매우 깊은 소양을 지니고 있어서 사회의 존경을 받아 마땅한 이들을 말하는 것이다.

서구 문화의 범주에서는 유대인들이 곧 이와 같은 엘리트 희생자의 처지에 있었다. 유대인의 전통과 기독교의 전통은 비록 밀접한 관련을 맺고 있기는 하지만, 서로 불멸성에 관한 경쟁적인 주장을 도출했었다.

유대민족의 경우, 전 세계에 흩어져 살면서도 마침내 한민족으로서 근속할 수 있는 것이라든가, 나아가 인류 문명 중에서도 가장 인상적인 문화적 업적을 이루면서 생존해 온 것은, 모든 사람의 존경심과 함께 분개를 불러일으켰다.

유대인들은 서구 문명에 실로 영웅적인 기여를 해 온 집단이었고, 또한 유대인의 전통은 기독교의 정신세계에 있어 핵심적인 부분이기도 하다.

그럼에도 유대인의 집요 불굴한 존속은 만인 보편의 기독교 주장에 대해, 도무지 그칠 줄 모르는 하나의 모독이었다.

그리스도를 받아들이지 않고 거부하는 유대인의 태도가, 사도 바울 시대 이래 성서에 대해 나름대로 마음속에 회의감을 품는 기독교 신자들에게 깊은 자극제가 아닐 수 없었다.

유대인으로서 희생을 치러야만 할 이러한 기독교 전통의 필요성은 부분적으로는 불멸의 영상에 대한 유대인들의 위협적이고도 경쟁적인 주장에 기인하고 있다.

그러나 한편으로는 유대인들의 소망 자체가 실현되지 않는 데 대한 분개에도 그 원인이 있다고 할 것이다.

유대 문화—법에 대한 충성과 지상유일신(至上唯一神)에 대한 충성을 지향하는—가 불러일으킨 커다란 희망이, 서구 세계의 상상이라는 영역에서 지대한 힘을 발휘했던 것으로, 서구 문화에 대하여 가혹하면서도 실현되기 어려운 요구를 하며 불멸에 관하여 대조적이며 경쟁적인 영상을 제시함으로써, 유대 민족은 존경을 받는 동시에 증오의 대상이 될 수밖에 없었다.

구미에서 수많은 유대인이 직업이라는 관점에서 연출한 역할은 돈을 다루는 일과 관련된 것으로, 인체의 배설물이나 시체를 다루는, 보다 분명한 희생자로서의 직업과는 달랐다.

그러나 돈이란 것 역시 배설물이나 죽음과 연관된 무의식적인 연상을 가지고 있다는 많은 증거가 있다. 유대인들의 경우 토지를 소유할 수 없도록 금지당한 예가 많았기 때문에, 그보다 저급한 돈의 취급과 대금업 쪽으로 전락한 것이다.

돈은 숙명 또는 죽음과 연결되어 있을 뿐만 아니라, 돈을 취급하는 일은 배설물, 시체를 다루는 일과 거의 동등한 것이다.

돈은 더 심각한 반대 감정병존의 원인으로 보이는바 힘의 원천으로서, 또 안락한 생활을 누릴 수 있는 수단으로서, 또한 후손을 위해 무엇인가 유익한 것을 남겨줄 수 있는 자료의 역할을 한다.

그러나 돈에 대한 애착은 모든 악의 근본이라든가, '죽을 때 돈을 싸 들고 가는 것은 아니다'라고 하는 세속의 표현들은 한결같이 돈과 악, 그리고 죽음까지 연관된 상념을 지니고 있음을 반영해 준다.

'부자가 천국에 들어가는 것보다 낙타가 바늘구멍을 지나가는 것이 더 쉬우리라'라는 성경 구절에서도 같은 이미지를 찾을 수 있다.

요컨대 돈이란, 유대인 자신들에 대해 엘리트 희생자로서 널리 유포되었던 태도와 별로 다를 바 없는, 하나의 반대 감정병존으로 간주한다.

유대인들은 일단 상인商人으로서 여러 직업에서 그들

의 정착지를 구한 다음에는, 그 분야에서 뛰어난 솜씨를 발휘했고, 실제로 커다란 번영을 이루고 거부를 쌓은 사람도 많다.

1950년대의 독일에서와 같이 수많은 비유대인에게는 유대인들이야말로 소위, 그들을 불순하게 하고 불멸의 존재에서 추락시키고 있다고 인식하게 되었고, 이러한 상황은 곧 유대인들을 희생자로 삼고, 그들 자신은 희생을 시키는 사람들로서의 역할을 합리화시킬 수 있도록 고시를 만들게 되었다.

이리하여 이와 같은 합리화가 더 극단적인 형태의 인종적 가치 파괴와 박해를 불러온 것이다.

반대 감정이 얼마나 심한 모순과 갈등을 내포하든 간에 희생을 만들어내려는 인간의 성향은, 너무나 직접적인 방식으로 폭력과 살육의 결과를 가져오고야 만다.

다른 사람을 인간 이하의 생명체로 인지한다는 것은, 살인 행위를 살인이 아닌 단순한 죽임으로 생각되도록 하며, 한편 순결한 삶을 촉진하기 위해서는 '죽임'의 행위를 권장하게도 되는 것이다.

미국 남부 여러 주에서도 노예들을 상대로 한 극단적 형태의 육체적 박해나 살육 행위가 일상다반사처럼 벌어지던 시절이 있었다.

그래서인지 아메리카 대륙에서는 스페인 또는 포르투갈 사람들에 의하여 이루어진 노예제도가, 미국의 노예제도 보다는 훨씬 인간적이고 그보다 덜 잔인했다는 주장이 강력하게 대두하기도 했다.

이러한 주장에 대한 설명으로서 가늠할 수 있는 것은 아메리카의 흑인 노예들은, 주로 노동의 원천으로서만 쓴 반면, 미국의 노예들은 노동의 원천으로는 물론 정신적 희생자로서도 이용되었다는 사실이다.

남아메리카의 스페인 및 포르투갈 사람들에게는 유대인들과 회교도들—종교적 이단자들—이 정신적 희생자의 역할을 떠맡고 있었기 때문에—그래서 지극히 잔인하고 가혹한 운명을 겪어야 했다—새로운 희생자가 필요하지 않았던 것이다.

우리는 이러한 관찰로부터, 다음과 같은 결론을 도출할 수 있다.

즉 인간은 자신의 삶이나 자신이 처한 집단이 집단적인 삶에 위협을 받는다고 느끼게 되면, 가장 극단적인 형태의 파괴 행위를 저지를 수 있다는 것이다.

인간으로서의 상징—그 자신의 죽음을 부정하고 죽음

에 도전하는 힘을 담고 있는 문화적 표상表象들—에 대한 위협은, 곧 죽음에 대한 공포를 불러일으키고 나아가 살해 행위를 도발하게 하고야 마는 법이다.

남부 지방에서는 미인으로 꼽히는 백인 여성이 남부 스타일의 생활에서 가장 순결하고 뛰어난, 모든 것의 상징으로 여겨진다.

만약 어떤 백인 여성과 검둥이 노예 사이에 아주 가벼운 성적 접촉의 기미라도 보인다면, 이러한 종류의 터부|금기禁忌|는 언제나 각별한 흥미와 관심을 집중시킨다는 점을 고려할 것, 이것은 곧 그 검둥이 노예에게는 엄청난 매질과 죽음을 의미하는 것이다.

궁극적인 어떤 상징으로서의 백인 여성은 지극한 공포와 위협으로부터 수호를 받았다.

정치적 논쟁이 서로 상극이고 경쟁적인 불멸의 영상 사이에서 치열한 경쟁을 벌이는 쟁소爭所의 역할을 하게 되면, 그 분위기는 즉각 지극한 긴장으로 휩싸이게 된다.

쌍방이 구사하는 어휘는 이미 단순한 실제적 의미만을 지니는 것이 아니라, 종교적 정열로서 그들이 열렬히 주장하는 철학적 사상을 아울러 표현한다.

친구들은 곧 하나님과 함께하는 동료 집단으로 간주하는 반면, 적敵으로 여기는 사람들은 곧 악과 마귀의 수행자들로 비치는 법이다.

공산주의에 관한 토론을 둘러싸고 갖게 되는 강렬한 감정적 분위기는, 바로 이와 같은 특질을 지니는 것이 상례였다. 공산주의가 야기하는 위협은 미국의 정치권력으로 볼 때, 단순히 정치적 적敵으로서의 그것을 넘어서서 훨씬 광대한 의미의 무엇으로 간주한다.

끊임없이 공산주의자들의 침투를 경계하고 공산주의자들에 의해 미국적 정신 자체가 오염되는 것을, 몹시 두려워한다.

한편으로 미국식 생활방식은 지상에서의 인간 생활에 대한 하나님의 설계를 바로 그 상징으로 수호하고 있다.

독실한 신자들에게는 언제나 잠재적으로 우방이란 가능성이 있긴 하지만, 어떤 특정한 동기나 믿음에 대하여 지지를 거부하는, 혹은 동기나 믿음을 저버리는 사람들에 대하여 멸시의 감정을 버릴 수가 없는 것이 보통이다.

바로 이와 같은 이유로 오랜 역사를 통해 기독교 신자

들에게 유대인들은 눈엣가시와 같은 존재였다.

공산주의 치하의 중국 내부에서는 중국이 택해야 할 올바른 역사적 진로에 대하여 공산주의의 상궤를 벗어난 견해가 나오면, 실로 가공스러운 보복을 피할 수 없었다.

미국의 경우 1950년대를 휩쓸었던 메카시의원 식式의 반공 투쟁과 닉슨 행정부에서 대통령의 정적 리스트 등에서 정치적 반대자라는 개념으로부터 파괴 분자라든가, 희생을 당해야 마땅할 적으로 개념상의 커다란 변화를 찾아볼 수 있다.

만약 역사 심리학적 혼란 상태가 전체주의, 그리고 희생화와 폭력의 결과를 초래하는 것이라면 희생자의 처지에서는, 과연 그가 처한 상황에 대하여 어떠한 반응을 보일 것인가에 대해 말하려 할 것이다.

이러한 상황에서 보이는 희생자의 역작용에는 여러 가지 선택의 여지가 있긴 하지만, 그 어느 것도 만족스러운 것은 못 된다.

그중의 한 가지로는 희생자가 희생시키는 사람이 소유한 것으로 여겨지는 불멸의 상태에 관해, 자신도 그 한 부분을 주장할 수 있도록 희생시키는 사람을 닮으려고 노력하는 것이다.

나치 집단 포로수용소의 수용자들은 그들을 감시하는 수위 병들을 흉내 내어 닮으려는 노력을 계속했었고, 보편적인 사회에서 유대인들은 비유대 계 이방인들과 같이 행세했으며, 흑인들은 백인으로 통하기를 바랐다.

희생자의 처지에서는 이와 같은 모방의 노력과 희생을 시키는 사람으로서의 권능을 보다 더 많이 획득하려는 의도로, 그의 동료들을 희생시키려는 시도를 점점 더 과감하게 자행하려고 할 수도 있다.

그렇지 않다면 희생을 당해야만 하는 사람은, 그 사회의 불멸성에 관한 가치 기준을 전복하려 시도할 수도 있었을 것이다.

흑인들이 검둥이로 처세할 것을 거부한다든지, 월남전에서 민족 해방 전선의 병사들이 '노랑둥이들(=gook)'로 살아가야 할 운명을 거부하는 등이 좋은 예이다.

희생자로서의 존재를 벗어나 외부에 자리 잡은 존엄성과 실체를 확보하려는 투쟁에서 흑인들의 경우 검은 것은 아름답다고 하는 관념을 형성하고 포용하려고 애써 왔다.

이러한 과정에서 흑인들에게 요구되는 것은 자존심을

배양하기 위한, 어느 정도의 배타성과 대내적 전환일 것이고, 이런 것을 통해서 비로소 백인과 동등한 존재로서 진정한 상대성이나 공존을 가능하게 할 수 있을 것이다.

그러나 한편으로는, 이것이 흑인들로 하여금 그들 자신의 또 다른 형태의 희생화 과정을 연출하게 하면서, 오직 역할의 전도에 그치는 결과를 낳을지도 모른다.

그보다 어려운 경로는 희생자들의 처지에서 단순히 희생을 당해야만 했던, 전날의 경험에만 의존하지 않는, 진정한 주체성을 찾기 위하여 퍽이나 오래고 고통스러운 투쟁을 전개하는 방식이다.

이 경우 희생자들은 그저 희생시키는 사람들의 도움에만 의존할 것이 아니라, 오히려 그들 자신만의 사회적 에너지를 개발하고 창도해야만 하는 법이다.

하지만 역시 어떤 형태로든 간에 도움은 흔히 필요한 법이고, 이 역시 희생자들은 알고 있다.

희생자들은 도움을 원하고, 또 도움을 받을 만한 가치도 있지만, 그들이 어쩔 수도 없는 속수무책의 입장에서 희생자로서의 상황을 치러야 했던 것을 환기하여, 그 도움이란 것을 받아들여 수용하는 과정에서 늘 세심한 주의를 기울이는 법이다.

이때 요청되는 도움이 그들에게는 일종의 '거죽뿐인 허울 좋은 자양물'로 보이고 이 도움을 받아들여야 할 강렬한 충동과 함께 오히려, 그것을 제공한 사람들의 면전面前에 다시 던져버리고만 싶은 것이 상례다.

미국 사회의 흑인들이 자치권과 존엄성을 희구하여 벌이는 투쟁의 많은 부분이 이같이 고통스럽기 그지없는 긴장의 연속 가운데서 이루어지는 실정이다.

서인도제도 출신으로서 천부의 재능을 타고난 정신분석학자이자 동시에 혁명주의자인 프란츠 패넌은, 오랫동안 식민지로서의 곤욕을 치르고 있는 사람들의 자치권 획득을 위한 모든 투쟁을 묘사했고, 그에 대한 의미분석을 했다.

그에 의하면 식민지화와 피 식민지화의 과정에서 보이는 심리학적 차원과 식민지화된 영토 원주민들의 처지에서 본 조국과 그들의 존엄성 및 자존심을 회복해야 할 필요성에 대하여 거듭 강조하고 있다.

이와 같이 압제와 시련을 겪어 온 민족에게는 오랜 압제자들을 죽여 없앨 수 있다고 느끼는 가운데, 비로소 그들의 권능을 자각할 수 있는 길이 있으며, 또한 이러한 권능이 실제적인 살해 행위를 통해 과시되지 않으면 안 된다고, 그는 썼다.

프란츠 패넌이 취한 논리에는 확실히 중요한 심리학
적 진실이 담겨 있다.

특히 희생화의 과정을 깨뜨리고 해방을 맛보기 위해
종전까지 희생자의 위치에 있던 사람들로서 그들 자신
의 자치권과 권능을 발견해야만 한다는 필요성에 커다
란 방점을 두고 있는 점이 그러하다.

그러나 패넌의 메시지를 문자 그대로 복수심에 불타
는 마음에서 취한다면, 그것은 이번에는 해방이라는 미
명으로 또 다른 희생화의 비극을 탄생시키게 될 것이다.

만약 이와 같이 절망적으로 보이는 막다른 골목에서
벗어날 수 있는 길이 있다면, 그 길은 필시 새로운 탄생
의 체험, 즉 불멸성의 원천을 쇄신하고 재생시킬 수 있
는 상상의 체험을 거치지 않으면 안 될 것이다.

이러한 상상력의 도약은 참으로 보기 어려운 일이긴
하지만 분명 가능한 일이다.

인도의 간디는, 오직 폭력에 대한 거부만으로 인도인
의 영국에 대한 저항과 주체성의 확립을 이끌었다.

간디는 이렇게 함으로써 영국과 인도 국민 모두를 휘
감을 수 있을 만큼 폭넓은 사회학적 불멸의 양식을 창도

創導해 나간 것이고, 이러한 정신적이고 영원히 스러지지 않는 승리로 피로 물든 전쟁을 불가피하게 할 수도 있었을 상황을 대신했다.

월남전에 참전했다가 반전을 부르짖고 나선 사람들, 또는 애초부터 월남전에 저항운동을 했던, 미국의 젊은 층 역시, 이러한 양식의 불멸성과의 결합을 희구한 것으로 보아야 할 것이다.

5
전쟁
핵 시대

욕망은 채워지는 법이 없다.
그것은 본성으로 해서
채워지는 것이 아니다.
그러나 아주 작은 욕망은
채워질 수 있다.
하지만, 또 다른 몇천이나 되는
다른 욕망이 생겨난다.
욕망이라는 것은
한번 쫓았다 하면
결코 멈출 수 없는 무지개와 같다.
그러나 당신이 이걸 이해하게 되면
바로, 지금이라도 멈출 수가 있다.
욕망이라는 것은
하나의 깊은 집중이다.

5

전쟁

핵 시대

17세기는 수학의 세기世紀
18세기는 자연과학의 세기였으며
19세기는 생물학의 세기
20세기는 공포의 세기였다.
—알베르 까뮈

1945년 8월 6일 이른 아침, 미국은 인류 역사상 최초의 원자탄을 일본 히로시마 상공에서 투하시켰다.

이 단 한 번의 원자탄 투하로 인한 엄청난 파괴와 혼

란은 그 범위가 지대해서 살상된 사람의 정확한 숫자를 헤아릴 수조차 없었다.

지금까지 추정된 숫자로는 대체로 10만萬에서 20만에 이르는 인명이 죽은 것으로 되어 있다.

이 가공할 체험을 거치면서 용케도 살아남은 수십만 명 이상의 사람들까지도 핵 방사능에 쪼였거나 접촉하여, 평생 치료가 불가능한 상처로 영원히 남게 되었다.

히로시마의 원자탄 투하는 전혀 예기치 못한 일이었다. 여느 때와 다름없이 시민들이 아침 식사를 준비하고 출근을 서두르느라 부산을 떨고 있는 가운데 갑자기 눈이 멀 것만 같은 섬광이 하늘을 가르면서 번쩍였다.

이삼 초 동안 죽음을 예고하는 정적의 순간에 이어 거대한 폭발이 뒤따랐다.

어마어마한 구름이 일어나고 거대한 검은 원통圓筒 모양으로 피어올랐다. 구름은 층을 이루면서 옆으로 퍼져나가고 전체적인 형상은, 마치 거대한 검은 버섯과 비슷했다.

원자탄의 폭발 과정을 지켜본 일이 있는 사람들은, 그것을 무시무시하면서도 가공스러운 미美라고 이야기하곤 한다.

그러나 저 일본의 경우, 평온한 여름날 아침에 갑작스레 일어난 이 아름다움은 한순간뿐이었고, 온통 죽음의 시꺼먼 그림자가 히로시마를 질식시켜 버렸다.

도무지 어떤 힘인지도 모르는 엄청난 위력 앞에 정상적인 모든 존재가 한순간에 거대한 침략을 받고 무너져 버린 것이다.

낙하지점에서 반경 2마일 이내의 지역은 완전히 소멸하여 생명의 그림자도 찾아볼 수 없었으며, 히로시마 시역市域 안 대략 6만여 개의 건물이 산산조각 났다.

이 참화에서 살아남은 사람들의 반응은 처음에는 완전히 죽음의 깊고 깊은 나락에 빠져 꼼짝할 수도 없다는 느낌이었다.

집과 빌딩들은 먼지로 변했고, 시내를 뒤덮은 시체들의 참혹한 광경, 곳곳에서 치명상을 입은 사람들의 비명과 울부짖는 소리가 들리고, 살이 불타는 냄새—이 모든 것이 영원히 씻을 수 없는 죽음의 낙인을 찍어버렸고 참담한 죽음의 영상을 지울 길 없이 되었다.

간신히 목숨을 부지한 생존자들 사이에서도 어떤 깊은 죄책감의 뿌리가 급속도로 자라고 있었다.

이 죄는 다른 사람들, 사랑하는 이들과 이웃을 포함하

여, 모두 죽었는데, 혼자만 살아남았다는 사실과 연관을 맺고 있었고, 한편으로는 도움을 절실히 필요로 하는 이들에게 도움을 줄 수 없었던 자신의 무능력과도 깊은 관련이 있었다.

이러한 모든 것이 하나의 질문 속에 응결되어 살아남은 사람들이 평생에 걸쳐, 오랜 투쟁의 한가운데에서 버티게 했다.

그 질문이란 '그이도 죽고, 그녀도 죽고, 그들도 모두 죽었는데, 왜 나는 살아남았는가?' 하는 것이었다.

그리고 이 질문 자체가 때로는 자신의 목숨이 죽은 다른 사람들의 희생을 대가로 사들인 것이라는 무섭고 괴로운 상념으로 변형되었다.

'어떤 사람은 죽지 않을 수 없었다. 그들이 죽은 덕분에, 내가 살 수 있었던 것이다.'

이러한 깊은 의혹이 생존자들에게 또 다른 정신적 미궁에 빠져들게 했다.

즉 그들은 살아 있을 아무런 자격도 없으며, 어떻게든 죽은 사람들을 닮지 않고서는 정당하게 살아남을 남아 있을 수가 없다는 느낌이었다.

이러한 일본의 생존자들은 심리적으로 마비 상태가

되었고, 그들의 감수성은 죄, 그리고 엄청난 혼란의 소
용돌이 속에서 의미 있는 활동을 다시금 재개할 수 없는
무능력으로 인해 완전히 빛을 잃었고, 앞날의 희망이 망
가져 버렸다.

삶과 죽음의 두 영역 사이를 가름 짓는 불투명한 한
계, 그리고 삶의 특징적인 모습들이, 이젠 도무지 또렷
하지를 않았다.

그들은 생각도 느낌도, 모두 마비된 상태에서 생존자
들의 고통과 괴로움이 지각을 차단하고 삶과 죽음 사이
에서 일종의 타협을 하고 말았다.

생존자들의 삶은 그들이 원자 방사능에 노출되었던
덕분에 야기되었거나, 특정 질병에 대한 예민한 감수성
때문에 곧잘 걸리는 여러 가지 질병과 허약성으로 더욱
어렵게 되었다.

방사능에 노출되었던 많은 사람들이 불구의 몸으로
삶을 이어가지 않으면 안 되었고, 누구나 할 것 없이 핵
무기의 대살육이 불러온 어처구니없으리만큼 믿기 어려
운 이 세상 종말에 대한 이미지를 씻을 길이 없었다.

오늘날 우리에게 히로시마의 체험이 가져다준 영상이
란, 한 번 일어났었던 일은 또다시 일어날 수 있다는 가

능성을 상징적으로 보여주었다.

오늘날의 기준으로 히로시마에 투하한 최초의 원자탄은 아주 작은 것이다.

장차 또 다른 세계대전이 일어날 수도 있다는 것을 상정하고, 핵무기 사용에 의한 결과가 어떠한 것일지 생각해 본다면, 핵 사용의 여파로 일어날 인간의 고통이 얼마나 지대할지 도무지 상상조차 하기 어렵다.

이렇듯 원자탄은 세계 2차대전 중에 수행한 특별 연구계획의 한 부산물이었다.

처음에는 실제로 원자탄이 제조 가능한가에 대해, 누구도 자신을 가질 수 없었다.

그러나 독일의 과학자들이 이와 같은 모종의 무기를 히틀러의 손에 쥐여주려고 한다는 정보 때문에, 미국 역시 전력을 기울여 제조에 나선 것이었다.

1939년 알버트 아인슈타인이 쓴 편지 한 통이 루스벨트 대통령에게 전달되었다. 이 편지에서 아인슈타인은 원자탄 개발을 위한 과학적 연구계획에 전폭적인 지지를 촉구했다.

미국 전역에 걸쳐 여러 곳에 연구소가 설치되었고 전례 없는 노력을 집중하면서 연구가 진행되었다.

　1945년 7월 최초의 원자탄이 뉴멕시코의 사막에서 실험 준비를 마치고 대기하고 있었다.

　이 폭탄을 만들기 위해 쏟아 넣은 노력은 너무도 엄청난 것이었고, 그 결과의 귀추 여하에 쏠린 과학자들의 관심 역시 지대한 것이어서, 로스 알라모스에 있던 물리학자들은 그들이 만들어낸 무기에 도덕적인 의문을 제기할 여지조차 느끼지 못했다.

　원자탄 제조는 성공적이었다. 급기야 종래 이천여 기基의 폭탄을 요했던 폭파 능력을 단 한 개로, 또한 단 한 대의 비행기로 실어 나를 수 있게 되었다.

　실험 광경을 목도한 모든 사람이 그들의 눈으로 지켜본 결과에 아연실색하지 않을 수 없었다.

　이 체험은 종교적인 어떤 성격마저 띠고 있었다. 그야말로 상상을 초월한 가공할 힘의 원천을 한 개의 폭탄 속에 넣는데, 인간은 성공한 것이다.

　이 위력적인 물건의 사용으로 전쟁에 급속히 종지부를 찍을 수 있을 것 같았고, 또한 평화 시에는 이루 말할 수 없이 큰 에너지의 원동력으로 이용할 수 있을 것 같았다.

　그렇다면 곧 전쟁과 평화라는 인류 역사의 두 양상에

그 근원적 성격이 달라지고 말 것이라는 기대감이다.

실제로 이 모든 것이 가능했다. 그러나 즉각적이고 압도적인 위력으로 인간을 사로잡은 것은 순전히 이 폭탄의 위험과 폭파 능력, 바로 그것이었다.

원자탄 제조에 성공한 연구계획의 책임자였던 J. 로버트 오펜하이머는 실험 폭발의 순간 느꼈던 소감을, 훗날 이렇게 말했다.

그 순간… 바로 그 순간에 내 마음속을 번개처럼 스치는 것이 있었습니다. 그것은 힌두교의 성전인 바가바드기타의 일절이었습니다.

'나는 곧 죽음의 신神, 온갖 세계의 파괴자가 되었느니라!'

당시에 현장을 목격한 또 다른 어떤 사람은 그가 느낀 소감을 묘사하기 위해 '위력적인 거대한 천둥소리'와 '위대한 정적'과 같은 구절을 인용했고, 나아가 명백히 종교적인 어휘를 구사하여 다음과 같이 말했다.

그 한순간에 영원永遠이 허공에 걸려 있었다. 시간은 못 박힌 채 멈춰버렸다. 우주는 한낱 바늘구멍으로 움츠러들었다.

땅이 입을 쩍 벌리고 하늘이 조각조각 무너져 내리는 것 같았
다. 이 광경을 지켜본 자는 무릇 '세상의 창조'를 목격한 증인
이 된 것처럼 느끼지 않을 수 없었을 것이다.

개중에는 그보다 시니컬한 반응을 보인 사람도 없지
않았다.

예를 들어 '이제 우린 모두 개새끼들이다'라든가, 아
니면 더 간단하게 '가공할 인간의 천사여!'라고 말한 사
람도 있다.

또 다른 사람들 중에는 '무서운 광경'이라든가, '공포
의 현장' 또는 '소름 끼치는 모습', '경악' 등으로 표현하
기도 했다.

'이것이야말로 역사상 가장 위대한 업적이다.'

이 말은 히로시마에 투하한 원자탄의 성공적인 소식
을 접한 트루먼 대통령의 반응이었고, 곧 전쟁에 신속한
종말을 예고하는 것으로 들렸다.

당시의 어떤 신문 보도는 이 원자탄의 위력을 '불가사
의하고 믿을 수 없으며, 인간 세상을 들부수어놓는 그
것'으로 묘사했다.

만약 우리 인간들이 이 우주와 우주 속에서 인간의 지

위에 대한 뒤바뀐 영상을 포함하는 것으로서의 종교적 변환에 대한 체험을 이해할 수 있다면, 분명 저 원자탄의 위력에 대한 초기 증인들의 반응을 종교적 의미를 지닌 무엇으로 이해해야 마땅하리라.

무한의 우주와 새로운 접촉을 시도한다는 '새로운 시작new beginning'이라는 인간의 삶이, 결코 예전의 그것과 같지 않을 것이라는 느낌을 얻었다.

원자탄은 신성神性의 속성을 지니고 있었고, 신비하고 초인간적인 권능이 인간 역사의 노정을 바꾸어 놓는 하나의 신神으로서 군림하게 된 것이었다.

원자탄이라는 신|原子神 : atomic god|의 존재가 뚜렷한 현실적 존재로 부각하자, 이 새로운 힘에 대하여 원자탄을 탄생시킨 과학자들의 반응은 구구 각색으로 어긋나기 시작했다.

어떤 상황에서도 마찬가지이지만 과학자들 대부분은 그들의 직업으로서 평상시의 직무를 그대로 계속해 나갔다.

한편, 과학자들은 이 가공할 위력적인 발명품의 사용에 스스로 그 통제를 떠맡아 책임을 져야 할 사명감을 느끼기도 했다.

그런가 하면, 또 다른 과학자들은 바로 자신들을 이 위력적인 힘의 원천과 동일시하고 핵주의라는 종교로 전향하여, 새로운 신앙을 전파하고 보급하는 일에 스스로 몸 바쳐 일하는 사람들도 있었다.

핵주의|核主義 : nuclearism|는 20세기의 힘에 대한 기묘한 병이 아닐 수 없다.

우리는 이 병의 특성을 규명하고 그 원천을 살펴서, 다른 형태의 종교적 불멸성에 관한 표현들과의 연관성을 밝혀내는 것이 좋으리라 여겨진다.

핵주의는 전체주의의 한 형태이다.

이 핵주의는 인간 자신의 불멸성에 관한 지레짐작의 불안정한 느낌이, 그로 하여금 커다란 착오와 탈선을 빚기 쉽도록 하는 이 역사적 시기에, 인간의 권능에 대한 웅대한 시야를 조성하고 있다.

인간은 그 역사를 통해서 볼 때, 언제나 자신의 도구에 깊은 애착을 느끼는 법이다.

인간이 자기의 육체와 능력을 확대해 나감에 따라서, 그 도구는 인간 자신의 이미지를 새롭게 부여해 왔다.

20세기 문명에 있어서 과학기술의 중요성 및 그 중심적 위치가 이러한 경향을 더욱 고조시켜, 이 세계를 심각하게 변형시킨 도구와 과학기술의 측면에서 인간의 삶을 규정하려고 든다.

이러한 의미에서 핵주의란, 현존하는 두 가지 기본적인 경향을 그대로 드러내 보여주고 있다.

그 첫째는 의미성의 확보를 위한 절망적이고도 필사적인 추구에 있어서, 이용이 가능한 여하한 형태로든 필요한 상징을 붙잡으려는 것과, 둘째로는 도구를 신성화하려는 그것이다.

J. 로버트 오펜하이머J. Robert Oppenheimer의 개인적 투쟁 과정과 경력은, 곧 핵무기와의 연관하에서 존재하는 긴장을 여실히 보여준다.

오펜하이머는 로스 알라모스에서 저 광범위하고도 복잡하기 그지없는 연구와 노력을 지휘 감독한 사람이다.

또한 그와 함께 일했던 사람들은 만약 원자탄이 신속히 개발될 수만 있다면 2차 세계대전의 종국을 훨씬 앞당길 수 있을 것이며, 이 세상에서 전쟁을 영원히 종식할 수도 있을 것이라고 확신했다.

한편 원자탄 연구개발 계획에 기여를 했던 시카고의 몇몇 핵과학자들은 원자탄 사용에 대한 도덕적 문제를 제기하려고 했다.

그러나 오펜하이머는 그러한 반동에 꼼짝도 하지 않았으며 어림없다는 식의 저항을 했다.

그는 원자탄을 인간의 거주 지역에 실제로 투하하는 것이 아니라, 적군에게 공포를 주어 항복을 유도하기 위한 과시용으로만 사용해야 한다는 주장조차도 받아들이지 않았다.

1949년 훨씬 더 가공할 위력의 수소탄이 거의 완성되었을 무렵에야 비로소, 오펜하이머도 자신의 신념을 재검토하기 시작했다.

그는 전략 무기의 개발 연구계획을 위해 계속 일했고, 심지어는 소형의 전략적 수소폭탄 개발을 찬동하기까지 했었다.

그러나 그는 초대형 수소폭탄이라는 아이디어가 소련의 진보파에 의해 야기된 문제에 대한 응답으로서 의회와 군부 요인들을 사로잡고 있다는 사실에 주의를 기울이지 않을 수 없었다.

이렇게 되자, 오펜하이머는 그의 타고난 지적 우수성을 발휘하여, 만약 수소탄이라는 존재가 모든 국제 관계에서 사고를 지배하게 될 때, 불러일으킬 수도 있는 막중한 위험을 털어놓기 시작했다.

오펜하이머는 2차 세계대전 동안, 그리고 전쟁 직후까지는 국민적 영웅이었고 원자탄 개발 계획의 성공으로서 전 국민의 전폭적인 신임을 얻고 있었다.

그러나 그가 핵주의에 대한 문제점을 들고 일어났을 때, 그리고 소위 우리가 '핵의 후퇴nuclear backsliding'라고 일컫는 바를 주장하고 나섰을 때, 그의 아메리카니즘Americanism에 대하여, 미국 정부가 오랜 조사를 함으로써 극단적이고 공개적인 대중의 멸시와 창피를 당해야만 했고, 급기야 국가안보를 저해하는 인물로 지적되기까지 했다.

지난날 핵폭탄에 대한 그의 강력한 주장과 변호, 그리고 국가적인 측면에서 그가 처한 지위 때문에 수소탄 문제와 관련한, 그의 부정적인 발설은 핵주의 옹호자들에게, 더욱 심각하고 위험한 존재로서 부각했다.

초기 원자탄 개발 계획의 또 다른 중요한 물리학자이자, 훗날 '수소탄의 아버지'로 알려지게 된 에드워드 텔러Edward Teller가, 바로 이러한 일련의 반대 세력 대표자였다.

1945년에만 하더라도 텔러는 예고 없이 원자탄을 사용하는 것에 반기를 들었다. 전후 텔러는 핵무기 개발

계획에 대하여 많은 과학자들이 표명한 도덕적 측면의 주장에 맹렬히 반대하고 나섰다.

텔러는 핵폭탄을 무기로서의 가능성을 철저히 추구하는 작업—오늘날에 와서는 그의 수소탄을 의미하는 것이 되었다—에 있어서 모험 정신을 잃지 말아야 한다며 강력히 옹호했다.

'만약 우리가 인간이 성취할 수 있는 일을 스스로 탐구하지 않고 회피해버린다면, 이것은 서구 문명의 전통에 불충실한 결과가 될 뿐'이라고 믿었다.

물론 텔러의 경우만 그런 것이 아니고, 다른 많은 과학자도 마찬가지이긴 했지만, 이러한 윤리적 측면의 맹목성盲目性과 극단적인 기술주의가 결합하여, 저 유명한 영화 '스트레인지러브 박사'의 「어떻게 걱정을 벗어나 원자탄을 사랑하게 되었는가」라는 부제副題를 붙일 정도가 된 것이다.

원자탄의 위력이 참으로 인상적인 것이 아니라든가, 또는 그것이 자연의 힘이나 과학 기술적인 자연의 정복에 대한 인간의 능력에 경외감을 불러일으키지 않는다고 주장할 사람은 하나도 없을 것이다.

그러나 핵주의자들이 취하는 주장의 위험이라는 것은

곧 원자탄의 위력과 그 한계점에 관한 명백한 검토가 도무지 행해지지 않고 있다는 사실이다.

원자탄을 가리키는 말로서 과학자들이 사용하는 용어들—예컨대 '그 장치', '그 물건,' '이 고안품', 또는 단순히 '그것'과 같은 등등의 용어들—이 원자탄의 죽음을 초래하는 파괴적 목적을 끊임없이 인지認知하는 일을 무디게 만드는 데 기여했다.

그렇지 않았더라면, 도저히 달성할 수 없을 것만 같았던 전체적인 구원을 위한 유토피아적 소망이란 점에서 원자탄은 그물에 얽힌 새처럼 곤경에 빠지게 되었다.

우주 만물의 연관에 있어서 인간 자신의 지위는 격하되고, 핵무기가 요구하는바 종속적 위치로 전락하고 말았다.

전후에 일어난 초기 핵무기의 방어 및 외교적 문제에 대한 토의가 원자탄이 도출한 논리적 전도와 도착의 본보기이다. 앞으로 또 다른 대전이 일어날 경우, 미국은 공격으로부터 스스로 충분히 방어할 능력이 더 없다는 사실이 분명해졌다.

도대체 본격적인 핵전쟁이 일어났을 때 살아남을 수 있는 사람이 있을까—피신처가 있을 수 있는가, 없는가

―에 주요 관심을 둔 열띤 논쟁이 거듭되었다.

핵전쟁에서 살아남는 생존자가 있다손 치더라도 그들이 살아남은 세계가 어떠한 것일지를 생각해 볼 때, 오히려 전쟁의 제물이 되어 죽은 사람들을 부러워하지는 않을까 하는 의문까지도 일어난다.

텔러에 의하면 생존자는 분명히 있을 것이며, 그와 함께 민주주의적 이상도 소멸하지 않고 존속되리라고 한다. 그는 원자력 무기들의 사용에 따라 일어날 수 있는 결과에 대해 현실적인 사고가 요구된다고 주장했다.

히로시마의 원자탄 세례에서 실제로 살아남았던 사람들의 체험을 돌이켜 볼 때, 이러한 논쟁에서 생존자에 대한 문제는, 결코 적절한 위치에서 다루어진 것이 아니라는 점이다.

중요한 문제는 '생존자가 있을 것인가?' 라든가, '생존자들이, 오히려 죽은 사람들을 부러워하지 않을까?' 하는 것이 아니고, 다름 아닌 생존자들이 스스로 죽은 사람처럼 느껴지지 않을까?' 하는 것이다.

핵주의자들의 사고가 외교 분야에서도 압도적이다. 커다란 원자 몽둥이(에드워드 텔러가 불렀듯이)가 세계의 정치적 문제들을 해결할 수 있으리라는 느낌이 들었다.

세계 제2차 대전 직후의 국제 관계에서 핵무기의 존재가 하나의 저지 요소로서 효과를 발생했다는 것은 의심할 바 없는 사실이다.

그러나 그것의 사용이 너무나 가공스럽고, 소름 끼치는 무기가 영구적인 효과적 저지 요인으로 작용하리라고는 기대할 수 없다.

정치가들 사이에서는 오직 핵무기만으로 구성된 병기 창고가 국제적인 위반행위를 처벌할 경우, 그 처벌이 오히려 죄과보다 훨씬 더 파괴적일 것이라는 사실을 깨닫기 시작했다.

어떤 작가가 표현했듯이 원자탄만으로 무장한 경찰관은 치안 유지 활동에 한 도시를 깡그리 희생시키려고 들지 않는 이상 도둑이나 강도 하나도 제대로 예방할 수 없을 것이다.

나아가서 핵무기에 의한 전면전에 제한을 가하는 경우, 베트남 전쟁과 같은, 보다 국지전이긴 하지만 한없이 끌고 나가는 분쟁을 곳곳에서 야기할지도 모른다.

핵주의는 상상의 실패, 무기라는 수단에 대한 인간적 이해와 사고의 실패를 지니고 있으며, 인간 구원의 수단이 될 수 있다는 측면에서는 인간의 생명을 가장 위협하는 요소를 안고 있다.

핵주의는 그 자체가 불멸의 양식들이 존속할 가능성을 점점 침식하고 있으면서, 또 한편으로는 이미 손상된 상징적 불멸의 양식들에 대한 계시적 대안을 제공하고 있다.

핵주의는 우리 인간이 핵무기를 사용하는 쪽으로 몰아세우고 있지만, 한편 그 이상으로 위험한 것은 핵무기가 불러일으킨 제 문제에 대한 인간의 대처 능력을 심각하게 저해하고 있다는 점이다.

상징적 불멸성에 관한 양식의 하나하나가 핵 시대의 온갖 혼란으로 심각한 영향을 받고 있다. 핵무기의 가공할 실제적 전개 없이도, 그 존재만으로도 삶과 죽음에 대한 우리의 인식에 지대한 위협을 제기하고 있다.

인류가 자신이 만든 도구에 의해 스스로 완전히 절멸 絶滅될 수도 있다는 가능성이 상징적 영속성의 양식에 대한 인간의 상상적 사고와 그 세계의 관계를 근본적으로 뒤흔들어 놓았다.

생물학적|또는 생물 사회학적| 양식이 가장 두드러진 영향을 받은 것 같다.

후손으로 이어지는 '삶의 계속'이라는 상정이 뿌리째 흔들리고, 한때는 일국의 국경이 그 국민에게 보호와 안전을 보장해 주었지만, 이제는 그 모든 기능이 의미를 상실해 버리고 만 이상한 국가 안에서 삶을 지속할 소망까지 스러져 가고 있다.

국가안보란 것이, 곧 국제사회의 안위와 직결되는 것으로 동일시하게 되었고, 한편 국제 안보는 개개의 국가가 그 시민의 충성을 전일적 배타적으로 자국에만 쏟아 줄 것을 주장하지 않고, 개별 국가로서의 주장을 부분적으로나마 포기하는가, 하지 않는가에 국가 운명이 좌우되었다.

삶과 죽음에 관한 궁극적인 과제가 더 절박하고 더욱, 커다란 문제로 부상한 요즘에 와서는 신학적 양식 역시 문제성을 안지 않을 수 없게 되었다.

합리주의적 과학 시대가 종교적 믿음의 실천과 신의 의미를 많은 사람에게 대단히 어려운 과제로 부각해 놓은 것이다.

여하한 형태로든 간에, 지상에서의 생존이 보장되지 않는 한 죽음을 초월한다는 신학적 심상은 불확실하고 믿기 어려운 약속이 될 뿐이다.

생물학적인 생명의 유지라는 점에서 남겨진 것이 아무것도 없다면—또는 거의 남겨질 수 없는 것이라면—정신적 생존의 영상은 그 상징적인 힘과 위안의 요소를 잃어버리지 않을 수 없다.

기독교 사조에서 근본주의파 집단이 태동하고, 이러한 집단이 협의로서, 문자 그대로 성서에만 입각한 신앙의 형태—필사적이라고까지 말할 수 있을 것이다—를 주장하고 나서게 된 것을 설명할 수 있는 것은, 결국 구원에 대한 믿음에 불어닥친 위험이다.

원자탄 투하 이후 일본에서는 동양 계통의 종교든 서양 쪽의 종교적 믿음이든, 그 영상이 그들이 겪은 참담한 재난의 의미를 수긍할 수 있도록 설명해 줄 수 있는 여하한 형태의 종교적 방책도 형식도 제시하지 못하고 있는 것으로 보인다.

원자탄 세례의 체험은 지금껏 종교적 상징이 지대한 영향력을 행사해 왔던, 인간의 믿음과 신뢰에 그토록 깊은 충격과 상처를 안겨준 것이었다. 그러므로 어떤 전통적인 종교적 표현 방식도 신뢰와 영속성의 이미지를 재건하기란 불가능했다.

적어도 부분적으로는 이와 같은 막바지에 다다른 반

응으로서 종교적 언어 표현 방식은, 인간의 세속적 행동과 업적의 신성한 종교적 성격과 책임 있는 정치적 행위에 대한 종교의 중요성을 강조하게 되었다.

동시에 성서에만 입각한 근본주의자들과 신비주의 종교가 다시 살아나게 되었다. 이것은 계시적 영상과 종교적 이미지로 인간을 사로잡을 수 있는 표현을 찾으려는 데서 우러나온 것이었다.

오늘날 그 누가 이 세계의 종말에 대한 이미지가 단순히, 인간에게 두려움을 주어 순종하게 하려는 종교적인 꿈같은 허구라고 말할 수 있겠는가?

신학적인 심상은 역사적으로 보아 두 가지의 대조적인 방향으로 발전해 왔다. 자연주의를 향한 움직임이 있었는바, 이러한 과정에서는 종교적 영상들이 보다 더 인간적이고 직접 관찰 가능한 과정과 긴밀한 연관을 맺고 있었다.

그러나 그 후 좀 더 환상적이고 운명을 예언하려는 쪽의 종교적 형태가 일어났는데, 이에 의하면, 오직 완전한 참회로만 구원이 조건적으로 이루어질 수 있다는 것이었다.

어느 경우에나 인간의 악마와도 같은 새로운 과학 기

술적 능력이—마귀와 같은 인간의 심리적 잠재 가능성 때문이 아니라면—언제나처럼, 인간의 정신적 성취를 불멸의 그것으로 만들려는 시도를 압도하고는 쓸모없고 무익한 것으로 전락시키려고 위협했다.

창조적 양식을 통한 불멸성은 개인의 업적이 오랫동안 후세에 전해질 것이라는 확신에서 이루어질 수 있다. 그러나 이제 와서, 그 무엇이 더 이상 지속될 수 있을 것인가?

지금까지 우리가 토의해 온 숱한 형태의 집단적인 상징화와 의식의 붕괴와 함께, 행복이라는 존재가 인간 문화에 대한 여하한 종류의 공헌에도 그 영구적인 지속성에 심각한 의문을 불러일으키고 있다. 진실로 두려운 것은 아무것도 지속되지 않을 것이며, 따라서 어떠한 것도 중요하지도 문제가 되지도 않는다는 것이다.

이와 같이 특정한 어떤 사회적 형태의 존속 가능성, 그리고 나아가서는 역사적 영속성 그 자체에 대해서까지 제기되는 커다란 우려가, 비록 직접적으로 느껴지지는 않는 대체적인 경향이긴 하지만 불안과 불신이라는 저류를 조성하고 있다.

그러나 이러한 깊은 관심은 젊은 세대에게 그들이 하

는 활동이 즉각적으로 인간 문화에 어떤 영향을 준다는 것을 느낄 수 있어야만 하는 보다 증대된 필요성에서 잘 표현되고, 그 결과 교사의 가르침이라든가 법률 활동, 또는 사회적 활동이나 의학 분야를 포함한 제반 형태의 사회적 성취, 또는 출세에 관한 관심을 대단히 고조시키게 되었다.

과학 분야의 활동에 관해서는, 오늘날 여러 가지 다양한 형태의 과학적 계획의 윤리성에 관하여 보다 더 많은 문제가 제기되고 있기 때문에, 개개의 과학자들은 그가 발굴해 내는 새로운 지식에서 죽음을 초래할지도 모르는 치명적 잠재 가능성, 또는 인간의 삶을 고도로 높여 줄 가능성 따위를 고려하지 않고서는 연구를 수행하기가 더 어려워진 실정이다.

이러한 문제들과 위협의 존재가 네 번째 양식인 자연적 양식에 다 영원성의 이미지를 찾기 위한 더 큰 탐색을 하도록 만들었다.

그러나 오늘날의 자연이란, 우리 인간의 무기와 공해 앞에 너무 무력하리만큼 취약성을 띠게 되었음을 잘 알고 있다.

'그들이 비에게 무슨 짓을 했는가?'라는 노래 속에서

애통해하는 조안 배즈의 슬픈 곡조와 밥 딜런이 부른 '돌같이 딱딱한 비가 쏟아지리니' 속에서의 처절한 분노는, 우리가 얼마씩은 다 같이 느끼고 있는바, 저 핵 과학에 의한 파괴가 궁극적으로, 우리의 혹성을 멸망시키게 될 하나의 환상을 제시하고 있다.

이러한 미래의 환상에 직면하여 지구 바깥의 우주 탐사가 특별히 상징적인 절박성을 띠고 있다.

이러한 외계로의 탐사 활동을 통하여, 우리 인간은 현존 자연환경을 거의 무한에 이르기까지 확대하려고 모색한다.

그러나 이러한 탐사 활동에서, 그리고 다른 어떤 혹성에서, 생명체나 생존할 가능성에 대한 탐구에서, 이미 심각한 위험에 처한 우리의 혹성에서 인간의 영속성에 대한 제 문제의 해결책을 기대한다는 것은, 한낱 소망에 그칠 환상일 뿐이다.

이러한 네 가지 양식의 상징적 불멸성의 손상은 종국적으로 체험의 초월적 양식에다 전례 없이 의존할 수밖에 없는 상황으로 몰고 왔다.

이 양식은 즉각적인 감각|感覺 : sensation|과 밀접한 관련을 맺고 있다.

따라서 체험적 초월은 다른 불멸성의 양식이 더 깊이 의존하고 있는 역사적 영속성에 관한 불안 때문에 손상을 입는다든가 침해를 당할 우려가 적다.

역사적 혼란의 시기에는 쾌락의 탐닉이라든가, 신비적 체험에 의존하려는 것이 상례다.

오늘날 21세기에도 마약, 섹스, 음악, 명상, 춤, 자연, 그리고 심지어 정치 등을 통하여 보다 강렬하고 농도 짙은 형태의 체험을 하려는 거센 물결을 실제로 목격하고 있다.

체험적 초월의 양식은 한 개인에게 있어 현재라는 관점에서, 좀 더 풍부한 삶을 살 수 있도록 해 줄 뿐 아니라, 이를 넘어서서 더욱 중요한 것, 위험에 대한 체험 내지는 실험으로 죽음의 공포를 직접적으로 다스릴 수 있도록 도와준다.

마치 예술가들이 그들이 처한 공동 사회의 보이지 않는 위험의 극단적인 면모를 탐색함으로써, 그 공동 사회의 양심으로써 존재할 수 있는 것과 거의 마찬가지로, 체험적 초월에 대한 적극적인 탐구자는 죽음의 공포를 스스로 초대하고, 나아가서는 그 공포를 권장하기까지 함으로써 죽음의 존재가 불러일으키는 두려움과 서슴없이 맞서 거리낌 없이 놀이를 즐긴다.

이러한 관점에서 볼 때 핵주의와 오늘날 많은 사람들이 추구하고 있는 강렬한 형태의 각종 체험 사이에는 기묘한 평행선이 있는 것 같다.

세계 최후의 심판의 날을 몰고 올 기계가 존재한다는 사실에 대해 가장 전도된 반응은 바로 폭탄|핵무기| 그 자체를 즐거운 마음으로 사랑하는 것이 될 것이다. 멸망과 망각이라는 끔찍한 악몽을 오히려 하나의 환희로 체험하는 것이다.

영화에서 그보다 더 깊이 이 문제를 다루고 있고, 대단히 위력적이고 기괴한 이미지로 원자탄이 비행기에서 투하되는 순간, 한 카우보이가 즐거움에 취한 모습으로 그 원자탄 위에 타고는 영광스러운 폭발의 순간까지 비행한다고 부각시키는 것은 참으로 악의에 찬 현상이라 아니할 수 없다.

이러한 이미지가 어쩌면 공상이나 몽상에 불과한 듯 보일지도 모르나, 사실 이것은 어떤 무시무시한 심리학적 존속 가능성을 내포하고 있다.

대담하게 표현하여, 자신이 처한 세계를 상상하는 모습대로 재탄생시킬 목적으로 파괴해야만 할 필요성, 그러니까 스스로 자살과 같은 소멸, 또는 변형을 하고, 그리곤 다시 재창조되어야 할 필요성이 있을지도 모르겠다는 생각을 해본다.

이러한 필요성은 다양한 모든 형태의 개인적, 또는 사회적 공격 행위에 편승할 뿐만 아니라, 상상적인 것이든, 아니면 실제적인 것이든, 새로운 생명에 대한 전제 조건으로서 죽음과 접촉해야만 한다고 하는 심리학적 원칙과도 잘 부합된다.

이러한 연고로 핵무기가 불러올 참담한 파괴의 약속 때문에, 우리 인간들의 마음속에 선명한 상징적 표상을 심어줄 수 있는 것이다.

핵무기에 의해 제기되는 가장 궁극적인 최고의 위협은 비단, 그것이 불러올 전면적인 죽음만은 아니다.

중요한 또 다른 한 가지는 무의미|無意味 : 또는 무상無常|라는 것이다. 상상할 수도 없는 무기로 인해서 이유도 알 수 없는 죽음을 맞이해야 하는 것이다.

이 따위의 무기로 싸우는 전쟁은 그 옛날의 영웅적 모습과는 거리가 멀다. 이런 무기가 불러다 안기는 죽음은 용기 있는 죽음도 아니다.

21세기에 사는 사람들의 삶에서 무의미라는 것이 어

쩔 수 없을 만큼 거의 굳어진 특색이 되었고, 현대의 예술이며 극장, 그리고 정치 등의 중심적인 주제가 되었다. 이러한 무의미의 근원은 여러 가지가 있을 수 있다.

그러나 가장 잔인하고 참혹하다고 여겨지는 것은, 모든 형태의 인간적 연관관계가, 언젠가 알 수도 없는 비합리적인 종말 앞에 갑작스러운 최후를 맞이할 것이기 때문에, 도무지 덧없고 무의미하다는 느낌으로부터 우러나온 불안감인 것이다.

이러한 사태에서 소위 문화적 삶이란, 더욱더 형식을 잃어버리고 떠다니게 된다.

어떤 형식도, 또한 그 어떤 의미나 스타일도 궁극적인 주장을 할 수는 없는 것으로 보인다.

이렇듯 무정형이 갖는 심리학적 연관은 그다지 분명한 것이 못 된다. 더 많은 방식의 삶을 택할 여지가 있는 듯이 보이지만, 내적으로 강력한 의미를 느낄 수 있는 삶은 더욱 드물어졌다.

이같이 광범위한 역사적 조류가 심지어 가장 기본적이며 필연적인 인간관계에까지 영향을 미칠 수 있다.

그 한 예가 어머니와 어린아이 사이에 양육과 피양육으로 맺어진 결합이다.

어떤 어머니도 오늘날에 와서는 영속성과 삶의 의미에 대한 만연된 위협으로부터 충분히 탈피할 수가 없고, 그로부터 유발되는 죽음의 공포 역시 도저히 빠져나갈 수가 없다. 무엇보다도 이러한 의혹들이 자식에게 전달되지 않도록 도피할 방법도 없다.

에릭 올슨은 삶의 초기에 있는 어린아이가 더 일찍 기본적인 신뢰감을 얻는 것이, 얼마나 중요한가를 강조해 왔다.

이와 같은 확고한 기본적 신뢰감이 결여하게 되었을 때, 훗날 그 아이는 인생에 대한 자신감이 크게 저해되고 나아가서는 그의 잠재된 창조적 능력을 충분히 발휘할 가능성을 잃게 될 수도 있다.

이와 같은 어린 시절의 결함들은, 결국 부모가 가진 그들 삶의 의미와 보람에 대한 온갖 불안에서 비롯되어 부모에 대한 신뢰감이 결여된 데서 유발되는 것이다.

이와 같은 삶의 기본적인 태도들은 초기 어린아이의 삶이 진행되는 동안, 아주 미묘하고 복잡한 형태로 그 아이에게 전이되고 훗날까지 오래도록 지속된다.

어린아이들의 경우, 개별적인 심리적 장애가 생성되는 일들과 관련하여 불멸성의 감각을 잃거나 하는, 부모

쪽의 상징적인 손상이 갖는 중요성에 대해서는 아직 충분한 검토가 이루어지지 않고 있다.

그러나 예컨대, 오늘날 우리가 겪는 은폐되고 알 수 없는 죽음의 공포와 불안처럼, 한 시대의 특성을 결정하는 역사 심리학적 주제들이 시대와 세대가 흘러감에 따라서, 개별적 인간의 삶에서 심리적으로 커다란 곤경에 빠지게 되는 것은, 곧 앞에서 언급한 것과 같은 과정 때문이다.

우리는 이 장을 히로시마의 원자탄 세례에서 살아남은 사람들이 겪은 심리적 투쟁의 일부를 묘사하면서 시작했었다.

결국, 그러한 투쟁들은 죄책감과 마비를 안고 있고, 급격하게 무너져버린 삶에 형식과 의미를 부여하는 끊임없는 노력이었다.

그토록 고통스러운 인생들이 겪어야만 했던 한없이 괴롭고 가냘프고 가물거리는 삶의 끄나풀보다는, 우리 모두 뭔가 좀 더 많은 것을 성취할 수 있을지도 모른다.

그러나 또 어떤 의미에서 우리는 모두, 결국 20세기의 대살육에도 살아남은 생존자에 불과한 것이다.

생존자로서 우리의 지위가 어떠한 것인지, 좀 더 분명

히 해명하기 위해서는, 우리가 살고 있는 이 시대에 더욱 충실한 한 부분이 되어야 한다.

그렇게 함으로써 우리 자신을 고통의 체험 앞에, 그리고 죽음의 영상과 불안 앞에 스스로 펼쳐놓을 수 있는 것이다.

그리고 그러한 순간에 지속적인 생존과 새로운 의미를 찾기 위하여 개인적으로도 사회적으로도 변해야 할 필요성을 비로소 간파하게 되는 것이다.

그렇게 되었을 때, 재건이라는 긴박한 과업이 우리에게 생생한 모습으로 안겨 올 것이다.

비록 우리의 노력이 갖추어야만 할 형식이 결코, 분명한 모습을 하고 있지는 못하다 할지라도 말이다.

6
생존자

죽음
다시 태어나는
삶

나는 누구인가?
자기라는 것은 허구의 개념
하나의 생각
머릿속의 작은 거품에 불과하다.
비눗방울이다.
그 이상 아무것도 아니다.
나란 존재는
이미 당신이 구하고 있는
바로 그것이다.
하나의 거대한 공간
처음도 끝도 없는
하나의 영원
그것이 바로 당신인 것이다.

6

생존자

죽음, 다시 태어나는 삶

내 의지가 흔들리는 고요한 밤에
나는 모든 것을 물었노라.
소멸해 가는 빗속에 갇혀서 나는
다시 태어날 것을 생각했노라.
—테오도르 뢰트케

하나님 제 감사를 받으소서.
이 놀라운 날의 모든 것을
저 상긋하게 비상하는 숲의 영혼을
참하고 새파란 하늘의 꿈을

당신의 모습
당신의 무한
당신의 대답
하나님, 당신의 모든 것을.
죽음을 안았던 제가,
오늘 다시 살아났습니다.
이것은 태양의 탄생일
생명의 탄생일
사랑의 탄생일
날개의 탄생일
즐겁고 위대한 당신의 영광
끝없이 펼쳐지는 땅의 탄생일입니다.

하나님! 제 귓속의 귀가 잠을 깨고
제 눈 속의 눈이 열렸나이다.
―E. 커밍스

우리는 잃어버린 계절로서의 죽음―오늘날 우리 문화
에서는 마주치기 어려운 주제―에 대한 이야기를 하면
서, 이 책을 시작했다.
금세기 핵시대에 우리 자신의 어두운 모습들을 환히

밝히고, 우리 문명이 처한 두렵고 암담한 가능성을 보다 더 밝게 하기 위해서는 죽음이라는 존재를 더 잘 알지 않으면 안 된다고 말했다.

이제 죽음이라는 주제는 굉장히 주목받기 시작했다. 그 증거는 신문 판매대에서도 서점에서도 설교에서도 정신병 분야에서도, 그리고 일상 담화에 이르기까지 얼마든지 찾아볼 수 있다.

그럼에도 아직 죽음은 불투명하고 어둠에 싸여 있다.

어디 그뿐인가. 매우 불쾌하고 싫은 대상이기도 하다. 적어도 이 분야에서는 도무지 진보가 있었다고 말하기가 어렵다.

프로이트가 그의 시대에서는 좀처럼 생각하기 어려운 주제—곧 성|性 : sexuality|의 문제—에 관해 사고하고 글을 쓰기 시작했을 때, 도무지 무책임한 무뢰한이요, 괴짜로서 사람들의 빈축을 사고 냉소를 받았다.

오늘날에는 인간의 본질을 추구함에, 삶의 순환 과정을 통해 끊임없이 표출되는 성적 충동의 중요성을, 우리는 매우 당연한 것으로 여기고 있다.

오늘날 우리 시대에 생각하기 어려운—정말이지 느끼기조차 어려운—주제는, 현대라는 우리 역사적 시기의

특성을 그대로 보여주는 인간의 영속성에 대한 위협이
다.

죽음이란 존재를 생각하기 어렵게 만드는 것이, 바로
이와 같은 위협 때문이다.

프로이트는 단순히 성 문제를 넘어서서 보다 많은 것
을 이해하는 데 큰 도움을 주었다.

성적 문제에 관한 주제들을 꿈이라든가 공상을 통해
서 표출되는 것으로 다루어 나가는 여러 방식을 제시함
으로써, 그는 인간의 상징화 능력에 대한 풍부한 자질을
유감없이 보여주었다.

우리 인간은 직접적인 성행위는 아니지만, 성적 체험
과 충동 또는 소망의 상징이 되는 대상물과 사건에 성적
의미를 부여할 수는 있다.

우리 두 사람은 '죽음과 삶의 영속성'이라는 문제를
인간의 심리적 이해가 반드시 동반되어야 할 주제로 선
택했다.

그러나 우리는 그러면서도 인간이 근본적인 생물학적
사실들의 풍부한 상징적 의미를 창조해 낼 수 있는 능력
을 충분히 고려했다.

인간은 태어나서 성장하고, 자식을 낳으며, 늙고, 그

리고 죽어간다. 따라서 출생과 성장, 그리고 죽음, 나아
가서는 시간상으로 전과 후의 연결성과 확대로 이루어
지는 끊임없는 인간 생활의 연쇄를 이야기한다는 것은
곧 하나의 생물학적 사실을 표현하는 데에 그칠 뿐이다.
　그러나 인간 존재와 인간 문화에 복잡다단한 형태의
심리학적 의미를 지니도록 하는 것이 바로, 이 생물학적
사실이다.
　아마도 가장 보편적이고 한결같은 종교적 상징은 곧
죽음과 재생의 그것일 것이다.
　이러한 상징이 그 힘의 원천을 얻고 있는 것은 다름
아닌 생물학적 사실과 인간의 소망—인간의 태어남과
죽음이라는 어길 수 없는 사실, 그리고 영속적이고 거듭
새로워지는 생명에 대한 인간의 소망—과 긴밀한 연관
을 맺고 있기 때문이다.
　구세주가 지상에 도래하여 인간 사회를 새롭게 할 것
이라는 유대민족의 기대라든가, '모든 것을 새롭게 하리
라'고 한 그리스도의 언약, 끝없이 태어났다가 죽고, 또
다시 태어나는 세속적인 중생의 바퀴에서 해방된다고
하는 힌두교의 영상, 이 모든 것이 새로운 탄생에 대한
소망으로서 위대한 정신적 힘을 뒷받침하는 한결같은

이미지이다.

그러나 재탄생의 이미지에 대한 대응은, 곧 자신의 낡은 자아에 대한 죽음의 이미지이다.

'누구든지 목숨을 구하는 자는 잃을 것이요'라는 것이 이에 대한 그리스도의 표현이었다.

우리의 표현 방식에 따라서 말한다면, 가장 깊고 심오한 통찰력은 오직 살아남은 생존자만 성취할 수 있다는 것이다.

그런데 여기서 생존자라고 함은, 어떻게든 육체적 혹은 정신적 방식으로 죽음과 접했으면서도 살아남은 사람을 가리킨다.

봄이 존재할 수 있는 것은 겨울이 있기 때문이며, 밤의 어두움이 있음으로써 낮의 광명이 빛을 발하고, 고통은 곧 가장 깊은 통찰력과 지고至高의 환희를 위한 예비이다.

이 모든 것이 어느 문화, 어떤 가치 체계에서도 한결같이 표현되는 죽음과 재탄생의 이미지이다.

이와 같은 영상은 죽음의 존재 앞에서 삶을 새로이 다짐하고 확인하는 완전성, 움직임, 그리고 연결성을 위한 온갖 형태에 대한 인간의 한결같은 추구를 그대로 보여주고 있다.

죽음과 재탄생은 매우 희망적인 영상이다. 그러나 결코 손쉬운, 또는 천박한 낙천주의의 영상은 아니다.

그것은 저 맨 밑바닥의 깊은 진실에까지 이르는|hitting rock bottom|, 또는 어떤 실제적이거나 상상적인 방식으로 죽음과 손을 맞잡고 접촉하는 체험에 그 바탕을 둔 개인적 문화적 변형 과정을 제시하는 것이다.

그것은 선견자로서, 예언자로서, 그리고 치료자로서의 생존자, 죽음의 나라로 깊은 여행을 하고 돌아온 사람의 영상이다.

그것은 허망한 도깨비의 실체들과 거짓된 주장들로 가득 찬 파괴와 멸망의 구렁텅이에서 진실하고 진정한 실체를 찾는 탐구의 영상이다.

이러한 영상은 바로 생존자의 창조자로서의 영상이다. 그렇다면 창조자란, 어떤 사람인가?

분해와 분리, 그리고 정지가 어떤 것인지를 잘 알고 있으면서 새로운 세계의 형성을 이룩하기 위하여 분투·노력하는 사람이다.

이와 같은 과정은 탐구와 실험, 그리고 위협을 수반한

다. 새로운 형태를 찾기 위한 탐색의 노력이 뜻하지 않은 방향으로 흘러갈 수도 있기 때문이다.

그와 함께 이 과정은 개인이 자신의 자아自我에 대하여 이제 막 부상浮上하기 시작한 내적 감성과 알맞은 외적 형식들, 예를 들어 직업의 스타일, 학문, 가족, 친구들과의 관계 등을 찾아내려고 애쓰기 때문에 당연히 긴장감을 함축하고 있다.

생존자는 형식을 모색하기 마련이다.

내적인 심리적 형식과 외적인 삶의 형식 모두에서 상징적 불멸성의 양식들, 그것들의 내적인 상징적 표상에서, 그리고 사회 문화적 제도에서의 외적인 구현이라는 점에서, 이 내적 외적인 재창조의 구심점이 되고 개인 문화적 재탄생의 중심이 된다.

목표는 우리가 그 속에서 살 수 있는, 그러면서도 그것이 우리 속에서 살아갈 수 있는 제도를, 곧 우리에게 활력을 불어넣어 주고, 우리가 지금 어떤 존재이며, 어떤 사람일 수 있는가에 대한 감성을 부여해 주는 제도를 창조하는 것이다.

생존자는 그가 종말을 잘 알고 있기 때문에 그를 위한 새로운 시작, 낡은 것, 죽은 것들의 엄청난 무게의 방해

도 부담도 없는 산뜻한 시작을 가능하게 하는 그런 사람
이다.

우리는 이미 히로시마의 원자탄 투하에서 살아남은
사람들에 관한 이야기를 했다.

그들에게는 도시를 건설하고, 그들 자신의 생활을 재
건하는 과업이 참으로 고통스러운 과정이었다.

전면적인 붕괴와 혼란 속에서 어떻게 영속성의 형식
을 수립할 수 있을 것인가?

대살육의 참화를 또렷이 알아버린 뒤에 어떻게 생명
의 심상을 다시 굳게 세울 수 있을 것인가?

어떻게 하면, 그저 단순히 살아남은 생존자 이상이 될
수 있는가?

이 생존자들이 치러야 했던 과업은 절대 쉽지 않았다.
핵시대의 어쩔 수 없는 엄연한 진실을 실제로 목격하고
증명하는 행위 속에서 재탄생을 모색해 왔다.

이러한 증언은 여러 가지 다양한 종류의 정치적 업적
이나 수행, 또는 국제 평화 운동 단체에서의 활동이라든
가, 때로는 죽은 사람들에 대한 말 없는 애정 행위 등 다
양한 형식을 취했다.

그러나 그렇다고 해서 대살육의 재난이 결코, 재탄생

을 위한 보장이 되지는 않는다. 종말을 알게 되었다는 것이 곧 새로 시작하게 될 것이라는 보장을 해 줄 수도 없다.

새로운 자아와 새로운 세계의 형성이 이루어지지 않을 때—그리고 어쩌면 성취할 수 없을 때—삶은 급기야 움츠러들 수밖에 없다. 모든 감각이 둔해지고 마비된다.

이러한 심리적, 혹은 정신적 마비야말로 죽음의 한 형태로서, 마주 대하기엔 너무나 어렵고 정립시키기에는 너무도 엄청난 혼란에 빠진 현실로부터, 인간을 보호해 주는 부분적인 죽음이 바로, 그것이다.

'정신적인 마비'라는 말이 저 많은 히로시마의 생존자들이 겪은 삶의 모습을 그리게 해준다. 하지만, 이 말은 그 이상으로 훨씬 많은 것을 묘사하고 있다.

우리 모두 살고 있는 이 시대는 광범위한 탈감각과 엄청난 마비의 시절이다. 마비가 일어나는 것은 체험한 것이 적절하게 상징화되고 공식화되며, 개개의 인간이 공동 사회 안에서 활동하며 표현하지 못할 때이다.

이러한 상징적인 간극|間隙 : gab|과 그 결과로 일어나는 마비가 히로시마의 생존자들에게는, 훨씬 더 뚜렷하고 극단적이었을 뿐이다. 하지만, 이러한 상징적인 간

극은 우리 모두에게 존재한다.

우리는 저 가증스러운 원자탄을 만들어내기 위해 직접 연구에 가담했던 핵 과학자들의 체험을 통해서 이 두 가지의 과정, 생존자로서의 마비와 재탄생을, 모두 볼 수 있다.

이러한 핵 과학자들 역시, 그들의 일과 연구가 가능하게 했던 대살육의 결과로 살아남은 마지막 생존자들이 된 셈이다.

그들 중 몇 사람에게는, 그 결과가 핵무기에 바탕을 둔 구원의 환상이란 점에서, 훨씬 더 단축한 것으로 보였다. 그런가 하면, 개중의 다른 사람들은 이 세계에 엄청난 규모로 급증한 위험을 경고함으로써, 일종의 예언자적인 사명을 떠맡기도 했다.

우리의 피부에 더 밀접하게 와닿는 이야기는 월남전에 참전했던 병사 중 살아남은 사람들의 체험담이다.

이 병사들은 월남이라는 국가 내의 전쟁 수행과 그를 위해 피 흘려 싸운 사람들에 대해, 도무지 뭐가 뭔지 모를 혼란의 심연에 빠져 있는 한 국가를 위해 때가 덕지덕지 묻고 불명예스러운 전쟁을 치르다가, 마침내 고국으로 돌아왔다.

그들 자신의 혼란과 죄가 도대체 어떤 것인지 규명하
려고 애쓰는 이 참전 용사들은, 그들을 이 전쟁터로 내
보냈던 사회에서 살아가기 위한, 어떤 새로운 윤리를 찾
아내려고 발버둥 치면서, 너무도 고통스러운 자기 결여
로 혼란한 그 속에서 헤매고 있다.

바로 이와 같은 월남전의 참전 용사들이야말로, 우리
문화와 우리 스스로에게 많은 것을 가르쳐주고 있다.

그들의 말 속에서, 또 그들의 체험 속에서, 우리는 무
엇인가 직면하지 않으면 안 될, 어떤 절실한 사실을 느
끼게 된다.

그들의 피의 체험에서 살아남은 생존자로서 참전 용
사들은, 우리에게 가장 깊은 원천에서 진실과 마주 서도
록 했다.

그들의 말은 거의 분노를 터뜨릴 만큼이나 우리를 불
안하게 만들고 있지만, 그들이 전해주는 메시지 또한 비
상한 힘으로 우리를 몰아붙이고 있다.

우리는 월남전 참전 용사들에게서 히로시마 원폭 생
존자들이나 핵 과학자들에게서 보았던 것과 꼭 같은 생
존자로서의 선택적인 패턴, 어떤 사람들에겐 마비, 다른
일단의 사람들에겐 변형을 향한 몸부림을 볼 수 있다.

그들 중 일부에게는 개인적인 주체성이 위축되었는가 하면, 다른 일부에게는 새로운 존재로서의 양식을 찾으려는 과정이 복잡한 개인적 변화를 의미한다.

어떤 생존자들은 재탄생을 향하여 삶과 투쟁을 거듭하고 있는데, 왜 다른 생존자들은 그들이 빠져 있는 죽음의 침례로 얼어붙고 마비된 관계에서 벗어나지 못하는 걸까?

이 문제는 중요하고도 어려운 질문이지만, 도저히 분명한 대답을 찾을 수가 없다.

생존자가 어린 시절부터 지녀온 개성의 힘이 그에게 일어나는 사건에 결정적으로 중요한 역할을 하는 것이 분명하다.

그러나 그가 자신과 그의 세계를 재건하려고 하면서 찾게 되는 지주支柱의 종류, 또한 지극히 중요한 것이다.

월남전 참전 용사 중에는 조그만 그룹을 만들어서 그들이 치른 전쟁의 체험이, 어떤 의미를 지니는지 함께 모색하고, 그들의 삶을 재건하려고 노력하면서, 서로에게 지주의 역할을 제공하는 사람들도 있다.

비록 그런 사람들의 숫자는 월남전 참전 용사들의 전체 집단 중에서 아주 적은 소수에 지나지 않지만, 그들

은 숫자적인 통계를 넘어서서 중요한 의미를 지니고 있
고, 또 그런 소집단에서 우리가 함께 연구하고 개인적
인터뷰를 많이 했기 때문에, 이 그룹에 대하여 자세히
다루고자 한다.

이 사람들 중의 많은 숫자가 장소와 때를 가리지 않고
불쑥 솟는 죄의식, 그리고 그들이 한몫을 이루었던 지독
한 잔학행위의 추억 때문에 고통받고 있다.

그들은 한결같이 전쟁이 그들이 지닌 최악의 속성으
로 살아가게 했다고 느끼고 있고, 만약 그들에게 아직도
훌륭한 인간으로서의 모습이 그대로 존속하고 있기만
하다면, 다시금 그들의 최상의 속성으로 되돌아갈 수 있
기를 희구하고 있다.

그들은 다른 사람들, 남자들, 여인들, 그리고 어린아
이들과 친근한 인간관계를 맺을 수 있도록 자신을 신뢰
하고 나아가, 다른 사람들을 믿을 수 있게 되기를 스스
로 바라고 있다.

참전 용사들은 의미 있는 활동을 모색하고 있고, 보다
더 새로운 정치적 신념을 추구한다.

이러한 사람들은 자신을 재검토하는 일에 몹시 열중
하고 있다. 군대 생활의 체험에 관한 질문들은, 곧 그들

의 남자다운 이미지에 관한 질문으로 이어진다.

많은 사람이 미국 문화에서 널리 유포되어 있고, 그들이 그렇게 양육되었듯이 일종의 존 웨인|John Wayne : 영화배우| 스타일의 남성상을 주로 얘기한다.

그들은 강하고 거칠고, 굳건한 진정한 남성, 흔히 풍자만화에서 볼 수 있는 것처럼, 군대에서 강조되는 남자다움의 표상이 되기를 바란다.

훗날 자신의 모습을 변화시키려고 모색하는 가운데, 우선 그들은 오래된 옛 모델들이 가장 먼저 비판받고, 엄격한 탐사를 거쳐야 한다고 여긴다.

부드러움이라든가 취약성, 그리고 감정을 한껏 억압하는 존 웨인 스타일의 이미지가 개인적 변화의 과정에서는 하나의 저해 요소로써 등장한다.

어떤 참전 용사는 이렇게 말하기도 했다.

"내가 왜 유약하고 서글픈 마음이 드는지, 도무지 모르겠습니다. 존 웨인이라면, 그런 따위의 기분은 느낄 수조차 없었을 텐데 말이지요."

이 사람들이 스스로 잘 표현하고 있듯이 개인적 변형變形이란, 새롭고 좀 더 예민한 감수성을 지닌 남자다움이 마음속에 자리 잡을 수 있도록 '존 웨인식의 모든 영상을 내던져버리는 것'을 뜻하고 있다.

그들이 치러야 했던 전쟁의 성격을 잘 이해할 수 있다면, 이러한 참전 용사들이 생존자로서 수행해야 할 어려운 과업을 보다 잘 이해할 수 있을 것이다.

월남전은 영웅이 있을 수 없는 전쟁이었다. 보이지 않는 적이 월남 사람들 사이에 침투하여 뒤섞여 있었으므로, 지키고 보호하려는 사람들과 도대체 구별할 수가 없었다.

이러한 상황 속에서 미국의 병사들은 월남의 어린아이들과 술집 여인들ㅣ그들 역시 살아남기 위해 처절히 투쟁하고 있는ㅣ에게서 크고 작은 여러 형태로 이용당하고 갈취당했으며 속임수에 넘어갔다.

적은 좀체 모습을 드러내려 하지 않았고, 은신하여 미국 병사들을 괴롭혔다.

거대한 미국 문명이 그들에게 필요한 여하한 형태의 비행기며 폭탄, 그리고 전차를 개발하여 가져왔다. 전투는 잔학한 형태를 벗어날 길이 없었으며, 뚜렷한 승리자도 없는 채 진보를 형용하는 유일한 계기는 가증스럽고 우울하기 짝이 없는 일로, 시체를 헤아리는 것이었다.

그리하여 이 전쟁은 터무니없고 우스꽝스러우며, 그

어디에서도 도저히 그 의미를 찾아볼 수 없는 것으로밖에 여겨지지 않았다. 오직 위험의 상존만이 진정한 현실이었다.

형제들이 다치고 죽어간다. 자신의 생명도 언제나 바람 앞의 촛불과 같다. 도대체 무엇을 위해서인가?

대부분의 전쟁에서는 그들에게 요구하는 노력의 고귀함이라든가 희생의 가치를 표현하는 노래들이 있기 마련이다.

숱한 월남전 참전 미군들에게 이 전쟁이 어떠한 것인지, 가장 잘 묘사해 주는 것으로 여겨졌던 노래는, 이미 첫 번째 장에서 그 서두를 인용한 바 있는, 컨트리 조와 더 피시가 부른 '나는 마치 죽음의 넝마에 붙어 있는 벌레 같은 몸'이라는 노래였다.

이것은 조롱의 노래, 전쟁 바로, 그것이 생명의 가치를 업신여겼던 전쟁의 가치를 비웃는 노래다.

앞서 죽음의 심상과 희생화의 연관에 관해 이야기했었다. 희생자는 더 인간답지 못하고 죽음의 더러운 때로 오염되어 있는 것으로 보이고, 그래서 죽여도 괜찮을 것으로 간주한다.

비백인계에 가난한 나라 월남에서 전쟁을 치르는 동

안 미국의 과학 문명의 힘은 과학 문명의 혜택을 받지 못한 사람들을 무참히 학살하는 데 대한 나름의 정당화 방법이었다. 무엇보다 문제는 이 힘이 아무 소용도 없었다는 점이다.

그리고 이 실패는 미국의 과학 문명에 대해서는 물론, 비인간적인 학대에도 참으로 잘도 싸워나간 월남 민족에 여러 가지 문제를 불러일으켰다.

참전 용사들은 그들이 전쟁의 참화로부터 스스로 회복하는 것을 '다시 인간적이 되는 것'이라 말하고 있다.

다시 인간적이 되는 것, 이것은 마치 짐승을 다루듯 학대하고 잔혹한 행위를 서슴없이 자행했던 그들이 월남인들의 인간성을 솔직히 인정할 수 있느냐의 여부에 달린 것이다.

월남에서 미국인들은 월남 사람들을 가리켜 '국|gook : 황색인종에 대한 경멸적인 속어로서 티끌, 먼지, 바보 등의 뜻을 지니고 있다. ; 역자주|'이라든지, '딩크|dinks : 역시 황인종에 대한 경멸적 표현으로 작고 하찮은 것, 보잘것없는 것 등의 의미를 담고 있음. ; 역자주|',—미국 내부에서 흑인들을 가리켜 '니거(nigger)'라는 말을 쓰는 것과 거의 같은 경멸의 용어—따위로 불렀다.

이러한 말은 인간의 품격을 떨어뜨린다. 바로 이것이 이 같은 타락한 말의 기능인 것이다. 그러나 종국적으로는 그런 말들이 희생자들뿐만 아니라, 희생시키는 사람들까지도 그 인간성을 말살하고 있다.

이런 비속한 용어가 희생시키는 사람들이 자신을 다른 인간들과 동일체로 인식하는 능력과 느끼는 감각을 무디게 만든다. 이러한 정서적 둔화가 바로 우리가 논해왔던 '마비'라는 것이다.

참전 용사들은 그들이 전쟁을 수행하는 동안 희생된 사람들 역시 인간이었음을, 바로 그를 자신과 꼭 같은 인간들을 죽였음을 깨닫게 됨에 따라, 그들 자신을 적극적으로 죄상|罪狀 : 범죄의 실상| 앞에 펼쳐놓게 된다.

그들은 그들이 저지른 처사에 대하여 개인적으로 책임감을 느끼기 시작한다.

그리하여 이러한 개인적 책임감과 전쟁이 그들을 소위 '잔혹 행위를 불러오는 상황' 속으로 뛰어 들어가도록 충동질한다는 사실과 인식 사이에서 균형을 이룰 수 있도록 애쓰고 있다.

그들은 그들의 죄를 다시금 어렵게 얻어낸 느낄 수 있는 감각을 중요하게 평가하고, 그 죄를 뉘우치며 기운을

북돋우고 생명을 불어넣는 일과 연관시키려고 한다.

그러나 그 반면에 많은 사람들에게 있어서 죄는 정체된 것이고, 자기 파멸적인 것으로서 숱한 종류의 정신적 억압과 그와 연관된 여러 형태의 정신적 질환을 유도하는 것이 현실이다.

또 한편으로는 죄에 대한 통찰의 조짐도 거의 없이 적어도 부분적인 마비 상태에 머물러 있는 참전 경험자들도 허다하다.

그들의 체험을 스스로 검토하는 이들조차도, 고국에 돌아온 후 그들의 마비 상태가 그리 쉽게 씻겨나가듯 나아지지 않는다는 사실을 깨닫게 된다.

여전히 자신과 다른 사람들에 대해서 의구심을 품고 있고, 이따금 예기치 못한 격렬한 노여움과 공포가 솟구치는 것을 체험하게 되고, 정서적으로 친밀한 인간관계를 수립하기가 지극히 어렵다.

두 손을 더듬거리면서 그들의 체험을 표출하고 그에 의미를 부여할 수 있는 길을 찾아 헤맨다.

자신의 느낌에 형식을 부여하려고 하는 이런 노력에서, 그들은 자아와 세상에 대한 새로운 감각을 성취해야만 할 생존자로서의 필요성을 보여준다.

그들은 자신의 이야기를 들려주어야 한다는 생존자로서의 사명감으로, 그런 이야기를 아주 보기 드문 깊고도 강렬한, 그리고 도덕적 감정을 가지고서 들려준다. 그들의 진실을 다른 사람들도 함께 알아야만 할 것이다.

생존자들의 체험에 다른 사람들도 함께 참여할 수 있어야 하고, 다른 무엇보다도 그들의 죄책감과 책임감을 함께 나눌 수 있어야만 한다.

그러한 체험을 이야기한다는 것은 일종의 정치적 행위이고, 그들에게 반전 운동에서의 새로운 동료들, 그리고 새로운 가정들, 그리고 새로운 활동을 하게 되는 것이다.

이들의 체험은 내적인 반성과 담화라는 의미에서의 '정신적 치료'에 그치는 것은 아니다. 이러한 생존자들의 경우 내적으로도 외적으로도 두루 살펴보며, 자아에 대해서도 사회에 대해서도, 모두 비판적이다.

변형은 애초에 시작했던 수준을 넘어서 한결 깊이 있게 이루어진다. 그들이 개인적인 자아 탐구로서 착수했던 바가, 더 넓은 영역으로 확대되고 세계화의 새로운 연관관계를 맺도록 한다.

요컨대 변형이란, 마치 전쟁 그 자체가 심리학적 차원

과 역사적 차원을 동시에 지니고 있듯이, 소위 역사 심리학적인 것이다.

우리가 지금 기술하는 이러한 참전 경험자들의 조그마한 집단을 잘 알고 있는 사람들은 그들이 개인적으로 뿐만 아니라, 집단적으로도 예언자적인 면모에 가까운, 어떤 요소를 지니고 있다고 느끼게 된다.

참전 경험자들은, 오늘날의 현대 문화가 창조해 낼 수 있는바|죽음의 나라|의 깊고도 먼 영역까지 가본 사람들이며, 냉혹하기는 하지만, 어쩌면 되살아날 수도 있는 진실을 동반하고 돌아왔다.

그들의 재탄생은, 우리들 모두에게 주어진 나머지 하나의 절실한 요구가 되었다.

월남전쟁은 미국 사회에서 더 뿌리 깊은 모순과 갈등을 그대로 반영해 주었지만, 한편 그 전쟁 자체가 끊임없이 파고드는 고뇌의 모습과 함께, 아직도 우리에게 남아있다.

참전 경험자들처럼, 그러나 훨씬 애매모호하고 무정형無定形의 모습으로 살고 있는 우리가, 모두 월남전의 생존자들이다.

우리의 생존자로서의 정서는, 우리 삶이 가지고 있는

것보다 작지만, 훨씬 즉각적인 고통과 번민 속에 함께 버무려져 있는데, 만약 이런 정서를 잘 이용할 수만 있다면, 새로운 해결책을 제시할 가능성도 열어준다.

그러나 또 다른 관점에서 보면, 역시 참전 경험자들처럼, 우리는 모두 변화나 변형에 반대하고 항거하는 우리 사회와 우리 자신 속에 굳어있는 제도와 형식에 만족하지 않으면 안 된다.

한편으로는 부정과 파괴적 요소, 그리고 다른 한편으로는 새로운 시작이라는 선택적 요소를, 우리 모두 참전자들과 함께 지니고 있다.

참전 용사들과 우리는 모두 월남전보다, 훨씬 오래전부터 미국과 기타 지역에서 발전했던 심리학적 스타일을 이용하는 것이 가능하리라 생각하고 있었다.

이 심리학적 스타일은 개인의 자아와 개인의 세계를 소생시키고, 다시금 활력을 불어넣어 주려는 노력으로 새로운 형식의 신앙과 새로운 양식의 삶을 찾는 끊임없는 탐구와 실험을 의미한다.

자아의 진화 발전과 이러한 심리학적 스타일에 대한 실험을 추구하게 된 근본은 현대의 역사 심리학적 혼란에서 유래된 것이다.

이러한 것들은 삶의 모든 모습에 있어서 새로운 것을 찾는 간절한 희구와 정체 상태에 있는 온갖 형식에 대한 뿌리 깊은 불신을 반영하고 있다.

이러한 스타일을 가리켜 그리스 시대의 신 프로테우스|Proteus : 갖가지의 모습으로 둔갑하며 예언의 힘을 지녔던 바다의 신. ; 역자주|의 이름을 따서 프로테안|Protean : Protean에는 변화무쌍한, 다방면의, 따위의 의미가 있음. ; 역자주|이라고 우리는 부른다.

프로테우스적인Protean 남녀들이야말로 최근에 있었던, 그리고 20세기 초엽부터 일어났던 대살육의 생존자들이다.

그러나 새로운 형식들에 대한 탐구는, 또 다른 의미에서, 여러 세기에 걸쳐 서구에서 일어났던 문화적 가치 체계의 붕괴를 반영하는 것으로, 특히 지난 수 10년간 겪은 더욱 급격한 가치관의 혼란에 대한 역작용이다.

프로테우스적인 스타일은 젊은 사람들 사이에서 가장 두드러지지만, 나이 든 사람들에게도 스며들고 있다.

프로테우스적 양식이 지닌 창조적 가능성은 우리가 이미 많은 사람들의 생애에서 보아온 일련의 놀랄 만한 변화에서도 잘 반영되고 있다. 그러나 여기에는 위험도 따른다.

프로테우스적인 양식은 곧 불멸성의 제 양식을 개혁하려는 일과 궁극적인 관련을 맺고 있는, 새로운 형식을 찾아내려는 깊은 소망을 대표하는 것이다.

그러나 이 양식은, 한편으로는 사물을 새롭게 만들기보다, 모든 것과 조화를 이루고 꼭 맞아들어가게 하려는 피상적인 적응에다, 그 주력을 두면서 나긋나긋하고 변절하기 쉬운 양식으로 퇴락할 우려도 있다.

프로테우스적인 남녀는 대살육의 생존자이고 전례 없이 급변하는 역사의 생존자이며, 지금까지 우리가 논해 온 삶과 죽음에 대한 온갖 혼란으로부터의 생존자이다.

프로테우스적 양식은, 더 큰 생성력이 있는 경우에는 우리 인간의 상실감과 죽음에 대한 불안과 마주하게 되지만, 쉽게 변형되고 유동일 때에는, 이러한 느낌을 회피하고 만다.

또 다른 한 가지 생존자로서의 반응이 있는바, 그것은 위축, 즉 움츠러든다는 점이다.

이런 경우에는 죽음의 공포에서 벗어나기 위하여 그 생존자는 삶의 갖가지 가능성과 변화를 회피하려 든다. 위축된 반응이 일어날 때는 기존 불멸성의 양식들의 개혁에 대하여 반대하는 자리에 서게 된다.

그리고 위축된 사람은 사회적 패턴이 적당하게 어울리는 상태로 유지되어야 한다고 주장하겠지만, 이러한 주장은 범위가 상당히 커서 이미, 우리 사이에 널리 보급된 프로테우스적 양식에 대한 역작용이다.

위축되어 버린 형型의 반응은 변화의 가능성에 대해 겁을 먹은 사람들에 의해 청년 문화—하긴 젊은 사람들이라고 해서 반드시 이러한 위축형 반응에서 벗어나 있는 것만은 아니겠지만—를 한껏 비난한다는 점에서 쉽사리 판별할 수 있다.

프로테우스적 스타일과 위축된 형태의 두 가지 반응 사이에 자리 잡은 긴장이, 때로는 세대차|世代差 : generation gap|의 저류가 되기도 한다. 하지만, 이러한 긴장은 세대차, 그것보다는 훨씬 더 근본적이다.

이러한 전반적인 논쟁이 매우 기본적인 한 문제를 제기한다.

사람이 성인으로서 책임을 떠맡게 되면, 도대체 얼마만큼의 성격상 위축, 심지어 마비가 필요한가?

성인은 어느 만큼 자유로운 여지를 보존할 수 있는 것인가 하는 문제가 그것이다.

성인은 결국 사회의 일, 어린아이들을 양육하는 일, 젊은이들을 가르치는 일, 도시를 건설하고 병자를 치료하며, 먹을 것과 입을 것을 만들고 사고파는 일 등을 수행하지 않으면 안 된다.

그리고 이러한 모든 일들은 정도의 차이는 크지만, 기술과 전문적 지식을 요구한다.

자, 그렇다면 사람이 성인이 되고 동시에 프로테우스적인 인물도 될 수 있는가?

오늘날 수많은 남녀가 대살육, 급격한 변화, 거대하고 비인간적인 관료주의적 구조, 그리고 기계라는 이미지 등에서 뿜어져 나오는 '삶 속의 죽음'이라는 느낌을 피할 길이 없게 되었고, 그와 함께 위에서 제시한 문제에 직면하고 있다.

모두 그들이 살고 일할 수 있는 새로운 공동 사회를 건설하기 위한 그 요체로서의 연결, 움직임, 그리고 완전성의 새로운 형식을 모색하여 마지않는다.

창조자로서의 생존자가 치러 나가는 실험이 어떠한 것인지를 이해하고 공동 사회를 재건, 새로 상징화하는 과정이 여하한 것인지 이해하기 위해 앞에 기술한 다섯 가지 불멸성의 양식으로, 다시 돌아가기로 하자.

오늘날 새로운 형태의 가족 제도와 점차 그 모습을 형성해 가고 있는 가족 구조에서는 생물학적, 생물 사회학적 양식이 핵심적인 논쟁점이 되어 있다.

이러한 집단들, 언제나 그런 것은 아니지만, 가장 기본적인 것으로서의 심리학적 생물학적 문제들에 관심을 두고 있는바, 조직적인 식량 공급보다 자유로운 섹스, 어린아이의 집단 양육, 자발적이고 자연스러운 정신적 육체적 표현과 같은 것이 주요 테마이다.

이와 같은 형태의 발전과 밀접한 연관을 맺고 있는 것은 남성과 여성에 대한 개념의 변화이다.

우리는 앞서 베트남 전쟁이 많은 남자들에게 남성이라는 것이, 무엇을 의미하느냐고 하는 문제에 초점을 두고 생각하도록 했고, 그것을 살펴보았다.

참전 경험자들은 소위, 미국의 청년 문화에서 보이는 패턴과 스스로 연계시킬 수 있었다.

이 청년 문화에서는 완강하고, 입술을 굳게 다물고, 육체적으로는 강인한 체력이 있으며, 허튼소리를 하지 않고, 섹스에서는 지극히 경쟁적인 정복자요, 승리자가 미국의 전통적으로 이상적인 남성상이었다면, 이제는 더 점잖고 개방적이며 부드럽고, 육체적으로는 별달리

강한 인상을 주지 않고, 예술적 취향을 가지고 자아 탐구를 하는 인간이라는 이미지 쪽으로 기울기 시작했다.

이러한 변모에 중요한 역할을 하는 것이 바로, 밥 딜런과 같은 프로테우스적 인물들이 제시하는 남성상의 모델이다.

이와 마찬가지로 부드럽고 자기희생적이며, 가정에 정성을 바치는 내조자가 이상적이든 여성상이, 이제는 적극적 공격적이며, 육체적 정서적으로도 강인하고 자아 확대를 추구하는, 자유의 탐닉을 구가하는 여성 해방론자로서의 여성상에 도전을 받고 있다.

남녀 사이의 성적인 평등성에 대한 이와 같은 실험은 때때로 지나친 면이 없지 않고, 또 어처구니없는 일이 불가피하게 일어난다.

그러나 우리가 남성적 또는 여성적이라고 지칭하는 것이 과연, 무엇을 의미하느냐에 대해 그 중심과 외연外延이, 어떤 위치에 자리 잡든 간에 탐구하는 일이야말로, 우리 사회가 가장 깊고 심오한 심리학적 과제를 해결하기 위해 몸부림치는 것이라고 본다.

신학적 양식, 또는 정신적 양식의 범주 안에서는 프로

테우스 적인 스타일에 대한 요구가 광범위한 종교적 탐구에서 명백히 보인다.

어떤 측면에서는 사회적 정치적 관여와 행동주의를 강조하는 종교적 실천의 형태를 띠고 있는 예가 있는 한편, 또 다른 종교 형식에서는 이러한 관여를 세속적인 것이라 도외시해 버리고, 그 대신 보다 높은 강렬한 내적 체험과 명상을 추구하여 마지않는다.

예수와 같이 기이한 형태의 추구부터 동양의 신비하고 불가사의한 정신세계의 온갖 형태에 이르기까지, 이러한 갖가지의 탐구가 지닌 깊이와 강렬함, 그 다양함에는 놀라지 않을 수가 없다.

많은 종교적 실험이 지닌 가장 특징적인 모습이 어떠한 것인가에 대해서는, 가톨릭 신학자인 존 던John Dunne이 일컫는, 소위 「우리 시대의 새로운 종교」라는 것에서 볼 수 있다.

우리 시대의 새로운 종교—변이라고 불릴 만한 하나의 현상—어떤 다른 문화로의 변이, 다른 생활 양식으로의 변이, 다른 종교로의 변이, 그리고는 복귀라고 해야 옳을 동등한 반대 과정이 뒤따라온다.

자신의 문화, 자신의 생활 양식, 자신의 종교에, 좀 더 새로운 통찰력을 지니고 되돌아온다.

이리하여 프로테우스적인 추구 그 자체가 하나의 종교적 탐구와 대등한 것으로서 방황의 형태이고 보다 진실한 진리를 찾아가는 여정이다.

그 과정은 영원히 변하지 않는 변이이거나 복귀라기보다는, 사실상 끝없는 탐색의 연속일 것 같다.

그와 같이 종교적 충동이란 것도 숱한 교의를 지닐 수 있고, 단순한 하나의 종교적 실천이란 점에서 중대한 변화가 있을 수도 있는 끝없는 탐구인 것이다.

인간의 노력과 역사에 따라 불멸성과 관련한 중대한 변형에 관해 이야기해 왔다.

오늘날 직업의 성격이나 일의 의미에 관해 제기되는 것까지 문제들은 단순히 일을 즐거운 것으로 만든다든가, 아니면 아예 일이란 것을 전적으로 배제하는 데에만 관련이 있는 것이 아니다.

그 근본적인 주제는 즉각적으로 인간의 진취적 정신과 기획 의도를 불러일으킬 수 있고, 또 끊임없는 인간의 탐구에 기여할 수 있는 깊은 의미를 지닌 일을 체험하고자 하는 욕구인 것이다.

우리가 소위 일이라고 부르는 것은 사람의 성격을 형성 발전시키는 한편, 자신의 사회적 비전|vision : 미래, 전망| 사이에 있는 실로 중요한 영역이 아닐 수 없다.

오늘날 우수한 남녀가 이 영역에서 더 훌륭하게 조화를 이루길 요구하고 있다.

이것은 곧 자신이 하는 일이 그가 이룩하고자 소망하는, 어떤 형태의 기여|업적|로서 이해될 수 있어야만 하고, 자기의 직업과 일의 능력 구별이 상충적이거나 상호 배타적이어서는 안 된다는 것을 말해준다.

오늘날 프로테우스적 욕구에 몰두하고 있는 많은 사람들이 가족적 구성을 배경으로, 더 새로운 형식의 일을 정립하려고 집단적인 탐색 활동을 하며, 상호 간의 지지와 성원을 서로 구하게 되면서 많은 직업적 자치 공동체|이 안에서는 교사의 집단, 법률인 그룹, 의학 계통의 종사자들, 예술인의 모임, 또는 정치인들의 집단이 함께 공동생활을 하고 있다|가 나타나고 있다.

자연과의 관계를 통한 상징적 불멸성에 대한 추구는 공해에 찌들고 점점 타락해 가는 추한 환경에 깊은 관심을 기울이는 데에서 잘 반영된다.

또한 도회지 거주자들 사이에서는 먼 변방에서 살든
가, 농부가 되든가 하는 식으로, 자연으로 되돌아가자는
운동이 그칠 줄 모르고 계속되고 있다.

물론 젊은 사람들이 고도 산업사회의 제 문제에 대한
해결책을 찾기 위해 뉴욕이나 시카고에서 탈출하여, 버
몬트의 숲속이나 캘리포니아의 산간지대로 달아나는 것
은 참 우스꽝스럽고 어처구니없어 보일 수도 있다.

그러나 한편으로는 이러한 일의 가장 근본적인 동기
와 이유에 대해 통찰의 정을 잃어서는 안 될 것이다.

어떤 전원田園의 코뮨—자치 공동체, 공동생활을 위
한 자치 부락—같은 것은 존속하지 못할지도 모른다.

그들의 구성원이나 거주자가, 다른 곳으로 이주하여
갈 수도 있고, 어쩌면 도회지로 되돌아갈 수도 있기 때
문이다.

하지만 이러한 모든 것에는 자아를 대상으로 한 실험
적 요소가 있으며, 이 실험을 통해 자연으로 돌아가자는
현존의 방식이, 모든 사람의 상상을 다시금 일깨워서 전
체적인 사회에 종국적인 영향을 미칠 수 있도록 도움을
주고 있다.

자연의 리듬은 언제나 인간의 상상력에 더해 새로운 생기와 활력을 주는 절대적 원천이었다.

우리가 손상된 상상력을 묘사하기 위해 사용하는 용어들, '침체'라든가, '시들었다'와 같은 용어가 실은 자연의 모습에서 따온 은유隱喩라는 점도 재미있는 사실 중 하나이다.

자연은 물질적인 영양분뿐만 아니라 정신적 자양물|상징적 재창조|의 원천이기도 하다. 자연과 좀 더 긴밀한 관계를 모색하는 동안 자연의 영상에 대한 심리학적 중요성이 재확인되고 있다.

우리는 마지막 양식인 체험적 초월이 다른 네 가지 양식에 대한 바탕이라고 말했다. 그러나 지금에 와서는 이 체험적 초월 역시 변화의 체험에 있어서는 똑같이 근본적인 것으로 볼 수 있다.

이런 의미에서 1960년대 일어난 약물 혁명drug revolution이야말로, 현존 의식구조와 그 양식에 대한 도전이란 점에서 지대한 의미를 띠고 있다.

약물 그 자체보다 더 중요한 것은 의식에 대한 깊은 관심이었고, 한편, 그 결과 새로이 발전하는 사회적 심리학적 제 형태에 대한 공헌이었다.

지금까지 살펴본 것처럼, 우리는 사람들이 약물이나 명상을 통해서뿐만 아니라 직업이나 정치, 여흥, 또는 기타 일상적인 여러 형태의 관계에서도 다양한 형태의 체험적 초월을 추구하고 있음을 알 수 있다.

문제는 극단적이고 대중적인 형태의 환희에 관한 것이 아니라 고도로 섬세한 내적 조화, 그리고 완전성과 통일성을 느낄 수 있는 주기적이고 지속적인 체험에 관한 것이다.

체험적 급진주의라고 불리어도 무방할 정신적 체험의 최전선에 있는, 어떤 사람들에게는 초월의 순간들, 어떤 과정을 거쳐 유도되었든 간에, 실로 자기 합리화요, 자기 정당화인 것이며, 사실 다른 모든 것들에 대한 정당화이기도 하다.

한편, 다른 사람들의 경우에는 이러한 순간들이 있으므로 해서 보다 새로워진 삶의 탐구와 새로운 형태의 행동과 실천이 가능해진다.

체험적 급진주의에 대한 비판들도 이 양식을 현실에 대한 획기적 타결책의 값진 길로서 볼 것인지, 아니면 현실로부터의 도피로 보아야 할 것인지에 대해 의견의 일치를 보지 못하고 있다.

아닌 게 아니라, 이러한 체험적 공격 행위는 부조리하고 무질서한 존재로서의 고통스러운 모순이나 갈등으로부터 도피할 훌륭한 전환점이자 은신처가 될 수도 있다.

그러나 한편, 가장 긴요하며 절대적인 형태의 상징적 재조정을 이룰 수도 있다.

체험적 초월은 시간과 죽음에 대한 새로운 관계를 위한 모델이요 길이다. 이것은 개인이 자식을 통해서 생명을 지속하든, 자신이 이룩한 업적 안에서 '삶을 유지'하든, 아니면 정신적 지위를 통해서 나 자연과의 관계를 통해서 삶을 지속하든 영속성의 양식을 정립한다는 점에서, 또는 자신의 영속성에 관한 양식을 수정한다는 점에서는 진실이 아닐 수 없다.

그러나 이러한 탐구라고 해서, 결코 고통이나 회의로부터 완전히 자유로운 것은 아니다.

'내 의지가 최악인 밤에 / 감히 나는 모든 것을 물었노라'라고 시인 테오도로 뢰트케Theodore Roethke는 쓰고 있다.

또 다른 곳에서 그는, '죽어가는 빛 속에 갇혀서 / 나는 다시 태어날 것을 생각했노라'라고 노래했다.

재탄생의 영상, 깊고 지극한 변형에 대한 심상이야말

로 죽음의 영상과 음양을 이루는 한쪽의 모습이다.

어느 한쪽을 외면하게 되면, 우리는 필요한 다른 한쪽을 택하지 않으면 안 된다.

죽음과 재탄생에 관한 퇴보의 원리가 우리들 모든 인간의 발전적인 온갖 노력에 영향을 주고 있다.

인류의 체험에서 중요한 의미가 있는 모든 발자국은, 어떤 형태로 내적인 죽음의 감각을 껴안고 있었다.

재탄생의 심상은 희망 바로, 그것과 분리될 수 없는 것이다.

우리 시대의 대살육, 그리고 오늘날, 우리 자신의 프로테우스적 가능성이 우리 모두의 마음속에서, 이러한 심상을 요구하고 있다.

다시 한번 뢰트케의 시구를 인용해 보자.

어둠 속에서
비로소 눈이 보기 시작한다.

삶 속에는 하나의 리듬이 있다.
그러나 죽음에는 리듬이 없다.
삶을 괴로워하는 자의 최후의 안식이다.

죽음은 어둠과 같은 것이 아니다.
죽음은 소극적인 것이 아니다.
오히려 죽음은 적극적인 삶의 현상이다.